나의 문학

WATER
PROOF
BOOK

나의 문학

민음사

✉ 2023 워터프루프북 편집자 레터

2023년 7월에는 해가 뜨는 날이 손에 꼽을 거라는 다소 놀라운 '일기예보 괴담'이 돈 적이 있습니다. 그것이 사실일지 아닐지 아직은 알 수 없지만, 간혹 습도 높은 바람을 맞고 있자면 "7월에는 매일매일 비가 내린대……" 하는, 언젠가 어디선가 들었던 소문을 떠올리게 됩니다. 비가 끊임없이 내릴 거라는 소문을 듣고 올해의 워터프루프북을 들고 걷는 사람을 상상해 봅니다. 기다려지는 여름 친구가 된 워터프루프북이 동시대를 함께 살아가는 젊은 작가들의 일상과 문학론을 담은 에세이 시리즈 '매일과 영원'의 산문을 모은 산문 앤솔러지로 돌아왔습니다.

문보영, 강지혜, 유계영, 소유정, 정용준, 김연덕, 김남숙, 권민경. 여덟 명의 이름 중 당신의 눈을 솔깃하게 하는 작가가 있나요? 『책기둥』, 『내가 훔친 기적』, 《릿터》의 인터뷰, 『내가 말하고 있잖아』, 『재와 사랑의 미래』, 『아이젠』, 『꿈을 꾸지 않기로 했고 그렇게 되었다』 중 읽어 본 것이 있나요? 동시대 작가가 자신이 쓴 작품에 대해 솔직하게, 혹은 엉뚱하게 이야기하는 산문을 좋아하시나요? 문학은 애쓰지 않아도 이미 일상에 스며 있는 걸까요, 혹은 일상으로부터 애써 떨어져 나와 찾으러 가야 하는 걸까요? 문학은 누구에게, 왜, 어떻게, 이렇게 소중할까요?

　　삶과 문학에 대한 애정과 의지를 또박또박 적은 고백을 담은 올해의 워터프루프북은 '나의 친구', '나의 문학'이라는 두 가지 테마로 구성되어 있습니다.

　　『나의 친구』에는 다양한 '사귐'의 기록을 담았습니다. 문보영 시인은 어느 시기에 자신은 친구의 일기를 먹고 자랐다고 말합니다. 김남숙 소설가는 소설에는 쓰지 않을 친구들에 대해 씁니다. 유계영 시인은 인간 친구가 아닌 날개 달린 새 친구에 대해서도 생각합니다. 소유정 평론가는 문학을 하게 되어 만날 수 있는 동료-친구에 대해 씁니다. 김연덕 시인은 전혀 모르던 사이의 사람과 단박에 친해지는 마법 같은 일을 들려 줍니다. 정용준 소설가는 좋아하는 문학을 함께 좋다고 맞장구 칠 수 있는 사이에 대해, 강지혜 시인은 애틋하고 먼 동생에 대해 씁니다. 권민경 시인은 외롭던 10대 시절 친구들의 모습을 그립니다.

　　『나의 문학』에는 다른 누구도 아닌 '나의 문학'의 소유자만이 할 수 있는 고백이 있습니다. 처음 시를 배우던 짜릿한 접속의 순간, 처음 썼던 아주 못 쓴 소설에 대한 기억, 노을에 대해 쓰려면 손에 대해 써야 하고 돌에 대해 말하려면 시에 대해 말해야 하는 '시적인' 뒤바뀜의 순간, 등단 소식을 알리는 전화를 보이스피싱이라고 의심하고 뒤늦게야 펑펑 울었던 이상한 하루에 대한 기억, 내가 사랑하는 것들은 왜 그런 모양인지 골똘히 고민하는 젊은 시인의 모습, '진짜로' 소설을 쓴다는 것은 무엇일까 천천히 적어 보는 소설을 아주 좋아하는 사람, 컴컴한 제주의 길을 걸으며 생각한 것들을 휴대폰에 녹음하는 섬에 사는 시인, 무엇보다 삶과 죽음 사이에 시가 있었구나 돌이켜 보게 된 시인의 고백까지.

문학은 대체로 우리가 홀로 있는 순간에 가까이 오는 것 같습니다. 그런 순간에 문학은 내가 혼자이면서도 혼자이지 않도록 친구가 되어 줍니다. 한편, 홀로 해야만 하는 문학이라는 외로운 방식을 기꺼이 함께 해 주는 친구도 있습니다. 우리는 가끔 아주 소중하고 독특한 친구들의 얼굴에서 문학을 발견하기도 합니다. 문학의 방식은 친구의 방식. 친구가 되어 주는 문학과 친구로부터 오는 문학. 문학과 친구는 이렇게 앞서거니 뒤서거니 하며 우리의 삶이 고립되거나 튕겨나가지 않도록 해 줍니다. 그런 면에서 둘은 퍽 닮았습니다.

문학과 친구의 닮은 점에 대해 쓴 원고를 선별하여 묶은 이번 워터프루프북은 가능하면 독자 여러분께서 두 권 모두 읽어 보시면 좋겠습니다. 지금 가장 문학에 대한 몰두가 열렬한 작가들에게, 친구와 문학은 겹치고 섞여 있기 때문입니다.

얇지만 튼튼한 두 권의 책을 읽은 뒤, 여러분께서도 뭔가를 쓰고 싶어진다면 좋겠습니다. 재기발랄한 여덟 명의 작가가 보여 준 에세이의 매력을 느끼고 저마다 '나의 문학'과 '나의 친구'에 대해 긴 일기를 쓰게 된다면 좋겠습니다. 여름밤 모닥불을 바라보며 약간의 거리를 두고 둘러앉은 모습으로, 여덟 명의 작가들이 쓴 글 사이사이에 우리가 쓴 글이 함께 앉는 상상을 합니다. 그때 '나의 문학', '나의 친구'는 결국 연결되어 '나의-문학-친구'가 되겠지요.

어느 여름 멀리서 손을 흔드는 모양새로,
편집부 드림

목차

문보영

시인.

시집『책기둥』『배틀그라운드』『모래비가 내리는 모래 서점』, 소설집『하품의
언덕』, 산문집『준최선의 롱런』『불안해서 오늘도 버렸습니다』『일기시대』『토
끼는 언제나 마음속에 있어』(공저) 등을 썼다.

시인기記 1
—낙엽 인간과의 만남

내가 처음 시를 쓰게 된 건 어떤 만남 때문이었다. 대학 시절 우연히 시인의 수업을 듣게 되었다. 낙엽같이 생긴 모자를 얹고, 낙엽 같은 옷을 입은 작은 사람이 강의실로 들어왔다. 사람이 들어온 건지, 바람이 불어 낙엽이 들어온 건지 싶었다. 그는 우리더러 한 학기 동안 두 편의 소설을 쓰면 된다고 말했다. 그리고 발표 순서를 정하고 다시 낙엽처럼 (바람에 쓸려?) 나갔다. 당시에는 아무도 그가 시인인 줄 몰랐다.

'소설을 어떻게 쓰는 거지? 다음 시간에 뭔가 알려 주시지 않을까?'

그런데 발표 순서가 첫 번째였다. 국문과나 문창과 학생이 아니었기 때문에 나는 합평이라는 것에 생소했다. 그건 다른 학생들도 마찬가지였다. 아무튼 무작정 소설을 써 갔다. 낙엽 인간은 소설을 한 줄 한 줄 읽고 코멘트를 해 주었다. 그런데 낙엽 인간이 내뱉은 말이 정확하고 재미있었다. '문학인데 어떻게 정확할 수 있지?' 나는 기이한 인상을 받았다. 첫 번째 소설에 대한 코멘트를 받았을 때 내가 배운 것은 '뭔가를 안 해도 된다'는 사실이었다. '안 쓰고 싶은 말은 안 써도 된다'는 사실. 두 번째 소설을 쓸 때는 안 쓰고 싶은 문장은 다 지우고 쓰고 싶은 말만 썼다.

나는 어렸을 때 책과는 거리가 멀었다. 나와 달리 오빠는 책을 좋아했다. 오빠는 엄마가 벽에 붙여 놓은 한글 자모 포스터를 보며 스스로 한글을 익혔다. 그래서 엄마는 나도 그럴 줄 알고 똑같은 포스터를 붙여 놓았는데, 나는 자모 옆에 그려진 그림만 뚫어져라 봤다고 한다. 문자를 제외한 것에만 관심이 있었던 것이다. 그래서 또래보다 한글을 늦게 깨우쳐 고생을 했다. 반면 나는 무언가를 상상하는 습관이 있었다. 유치원에서는 일괄적으로 빨간 도시락을 나눠 주었는데 나는 그 안에 담긴 밥 모양을 보며 상상을 했다. 반찬은 유치원에서 주기 때문에 빨간 도시락에는 밥만 담아 오면 되었다. 나는 밥을 먹기 전에 늘 도시락을 흔들었다. 그렇게 하고 뚜껑을 열면 밥이 어떤 형상이 되었기 때문이었다. 구름 위의 용, 냉장고 위에 서 있는 토끼, 컵, 모자를 쓴 여자, 식탁, 텔레토비의 뚜비 등. 그러나 흔들지 않으면 무조건 그냥 밥이었다. 그러니 재미있으려면 흔들어야 했다. 내게는 상상의 친구 대신(상상의 친구는 커서 생겼다.) 상상의 도시락이 있었던 것이다.

중학생이 되었을 때, 나는 그 도시락을 부엌 선반에서 우연히 발견했다. 그래서 반가운 마음에 밥을 넣고 흔들었지만 밥은 어떤 형상도 그려내지 않았다. 나는 더 이상 무언가를 보지 않게 된 것이다, 라고 마무리하면 성찰적이고 유의미한 이야기가 될 수 있을 텐데, 사실은 여전히 도시락밥에서 어떤 형상이 보인다. 나는 그것을 보고야 만다.

좌우간, 낙엽 선생님의 수업을 듣고 소설에 흥미가 생겼던 나는 그해 겨울방학을 도서관에서 지냈다. 그런데 한 줄도 쓰지 못했다. 그래서 다음 학기 그러니까 대학교 3학년이 되던 해, 낙엽 선생님에게 이메일 한 통을 보냈다. 답장이 왔다. 그는 자신은 시인이라서 소설은 안 가르친다는 것이었다.(학교에서는 소설 수업을 해놓고……) 대신 종각에서 어르신들을 대상으로 시 수업을 한다고 했다. 그래서 끼워 달라고 부탁드렸더니 내 또래는 한 명도 없다며 단칼에 거절하셨고, 단칼의 거절을 내가 또 다른 단칼로 거절했으므로 나는 어른들의 시 창작 수업에 합류하게 되었다.

　　나는 들뜬 마음을 품고 종각으로 향했다. 아직도 시 수업 첫날이 생생하다. 문을 열자 열 명 남짓 되는 어른들이 종이에 뭔가를 끄적이고 있었다. 다닥다닥 붙어 앉아 시 공부를 하고 있었던 것이다. 우리 부모님뻘 되는 분도 계셨고, 조부모님뻘 되는 분도 계셨다. 그들은 나를 크게 반겨 주셨다. 그리고 내가 합류함으로써 이른바 삼 대가 형성되었다. 언주 이모, 문경 이모, 윤희 이모, 경나 이모, 상신 이모, 봉익 삼촌, 희숙 할머니, 윤우 할아버지 등. 나는 그들의 이야기를 먹고 자랐으며, 그들은 내가 가져 보지 못한 나의 대가족이 된다.

　　첫날, 낙엽 선생님은 내게 시를 한 편 가져오라고 했다. 그는 그 시를 읽고 연필을 탁, 하고 내려놓았다. 그리고 이렇게 말했다. "지금껏 머릿속에 있었던 시는 세탁기에 넣고 세제를 푼 다음 깨끗이 빨아 오세요." 일명 빨래 숙제였다. 그러더니 작고 낡은 가방에서 책 한 권을 꺼내 내게 던져 주었다. '문예지'란 것이었다. 작가들이 작품을 발표하는 잡지였다.

　　그날 수업을 마치고 함께 식사를 하러 갔다. 술을 못 마신다는 말을 제대로 하지 못해서, 주시는 대로 술을 받아 마시느라 곤욕을 치렀다. 술자리에서 몇 번이나 화장실을 들락거렸고, 덕분에 그 이후로는 한 번도 술을 안 마셨다. 시 수업 첫날, 만취한 채 지하철을 타고 귀가하던 풍경이 생생하다. 청명한 밤하늘 아래서 문예지 잡고 각혈한 기억이……. 지하철을 타자 속이 울렁거려서 정거장마다 내려서 화장실로 뛰어가 토하고, 다시 지하철을 탔다. 다음 지하철을 기다리며 (토 묻은) 문예지를 펴 봤는데, 술기운 때문인지 글씨들이 춤을 췄다. '완전 힙한데?!' 무슨 말인지 모르겠는데 왠지 영롱해 보이는 것은 참이슬 때문인가. 나는 토 묻은 문예지를 티슈로 깨끗하게 닦아 집에 가져왔다. 그리고 자기 전에 다시 읽었는데 가슴이 콩닥거렸다. 알아들을 수 없는, 이해할 수 없는, 하지만 자유롭고 이상한 말을 쏟아 내는 친일야화적인 책이었다. 한국어인데 외국어 같았다. 나는 이 외국어를 배운 적이 없는데 왠지 알아들을 수 있었다. 아니, 이해되기 전에 간파되었다. 이해는 나중에 오는 문장도 있었던 것이다. 다음 날 아침, 숙취가 가신 뒤에도 그 문장들은 여전히 엉뚱하고 괴팍하고 이해할 수 없음에도 아름다웠고 또한 슬펐다. 그 언어들은 내 마음 어딘가 자리하던, 이름 붙여지지 않던 감정과 슬픔을 정확하게 묘사하고 있었다.

나는 일주일간 문예지를 탐독했다. 사물을 관찰하고 그것을 언어로 표현하려고 했다. 사전을 뒤져 새로운 단어를 찾기도 하고, 익숙한 단어를 다시 공부했다. 그리고 산문으로 된 짧은 시를 하루에 한 줄씩 써서 완성해 가져갔다. 진심은 마음속에 있고, 언어를 통해 끄집어내는 거라고 믿었는데 일단 너저분하게 이런저런 말들을 늘어놓은 다음에 거기서 진심을 찾는 게 시 같았다. 나는 아무 말이나 뱉어 냈다. 나도 모르는 말들을 미친 듯이 쏟아냈는데 뱉고 나니, 거기 내가 하고 싶은 말이 있었다. 그래서 진심은 너저분한 거구나 싶었다. 그리고 시를 가져갔다. 선생님이 시를 읽다가 또 펜을 탁, 하고 놓았다. 그가 말했다. "시가 180도 바뀌었네?" 그러더니 낙엽 선생님은 물었다.

"이 문장은 무슨 의미지?"

나는 대답했다.

"음…… 사실…… 저도 잘 모르겠어요."

"잘했다. 네가 쓰고 네가 알아야 할 때가 있고, 네가 쓰고도 네가 몰라야 성공할 때도 있다."

그렇게 나는 시의 세계에 빠져들기 시작했다. 만일, 낙엽 선생님이 소설가였다면 나는 소설가가 되었을지도 모를 일이다. 낙엽 선생님을 만나기 전에 내게 문학은 그저 막연한 무엇이었다. 그를 만난 이후 일주일에 한두 편씩 시를 가져갔다. 공책을 펴고 커다란 공백을 바라보았다. 막연했던 문학이 이제는 구체적으로 막연해진 것이다. 소중한 발전이었다.

시인기記 2

──三代의 시 수업

낙엽 인간은 무림의 고수로「쿵푸 팬더」에 나오는 시푸 사부였고 나는 쿵푸 팬더였다. 쓰고 혼나고, 쓰고 혼나고, 다시 쓰고 까이고, 무술 부리고, 선생님의 목검에 맞서다 쓰러지고 바닥에 떨어진 목검을 주워서 선생님의 등을 공략하고, 그러나 시푸 사부는 뒤도 돌아보지 않은 채 나를 넘어뜨린다. 나는 앎과 모름 사이의 경계에서 희미한 모름과 한 줌의 이해를 주워다 시를 썼다.

어른들과 함께 한 시 수업에서 낙엽 선생님이 했던 이야기가 떠오른다.

|낙엽인간의수업1|

(수강생의 시에 이런 문장이 있었다.)

"삼만 원짜리 부조객도 뒤 비우는 족속인데"

낙엽 인간: 왜 똥을 쌌다고 하지 않고 '뒤 비운다'라고 말씀하시나요. 똥, 싫어하지 마세요. 음성적으로도 선명하고 이미지도 명확해요. 이미 그 자체로 구체적인, 몇 안 되는 단어입니다. 오줌도 그래요. 소변보다 박진감이 있어요.

　(수강생의 시에 이런 문장이 있었다.)
　"오랜 연인의 애정 같지"

　낙엽 인간: '오랜 연인의 애정'이라는 표현은 좀 이상한 것 같아요.
　수강생: ?
　낙엽 인간: '오래된'으로 바꾸면 좀 낫네요.
　수강생: ?
　낙엽 인간: 그래도 이상해. '오랜 연인의 애정'이라는 것은…… 무슨 말이냐면, 오래된 연인의 애정은 이상하고요, 오래된 연인의, 안 감은 떡 진 머리는 안 이상해요.
　수강생: ?

　(낙엽 선생님이 내가 쓴 시의 한 문장을 두 번 조용히 읽는다. 낙엽 선생님이 어떤 문장을 두 번 읽는다는 것의 뜻은 그 문장을 재고려해 보겠다는 뜻이고, 하지만 별로라는 뜻이다. 나는 시에서 '사랑'이라는 단어를 썼다.)

　낙엽 인간: 사랑 말고 다른 말이 뭐 있지?
　나: 좋아하다?
　낙엽 인간: 또?
　나: 사모하다?
　낙엽 인간: 또?
　나: 으음…….
　낙엽 인간: 흠모하다, 사모하다, 수십 가지로 생각하다, 그 사람이 냉장고 문에 들러붙어 있다, 그 사람이 커피를 마시고 있다,

책상에 연필 똥이 있다, 그 사람이 아프다, 트럭이 지나간다.

나: 으음…….

낙엽 인간: 사랑한다는 말에서 냉장고를, 트럭을 떠올리는 연습을 해 봐. 장미에서 맷돌을 끄집어낼 줄 알아야 해. 그게 용기고 시의 유희니까. 네가 쓴 표현을 봐. "세상에 발을 디디고" 이건 재미와 거리가 멀잖아. 세상이 아니라 맨홀 뚜껑이나 지하철 주황 안전선이나 보도블록에 발을 디디고 있어야 시의 유희가 살아날 수 있어. 그래야 재밌지.

나: 재미라…….

낙엽 사부의 수업은 이 두 말로 이루어진다 해도 과언이 아니다.

"이 표현은 굉장히 재미있는 표현이지~" 그리고 "이 표현은 굉장히 재미없는 표현이지~"

(이유는 절대 설명 안 해 주는 게 특징이다.)

낙엽 선생님이 재밌다고 언급한 문장들은 슬픈 문장이기도 했다. 그래서 어느 순간부터인가 나는 재미와 슬픔이 겹쳐 있는 무엇이라고 생각했다. 그리고 좋아하는 책을 소개할 때 "이 책 굉장히 재밌어요."라고 말하곤 했다. 어느 날, 지인과 소설 얘기를 하다가 "그 소설 엄청 재미있는데."라고 말했더니 그가 "그 소설은 재미있는 소설이 아니라 깊이 있고 슬픈 소설이야."라고 말했다. 순간 아연해져서 "제 말이 그 말이에요."라고 말할 타이밍을 놓치고 말았다.

그래서 나는 낙엽 선생님이 "이 표현은 굉장히 재미있는 표현이지."라고 말하면 "이 표현은 굉장히 슬픈 표현이지."라고 받아 적고 "이 표현은 굉장히 재미없는 표현이지~ 굉장히."라고 말하면 "이 표현은 굉장히 안 슬픈 표현이지~ 굉장히."라고 적었다. 아차차, 재미있다는 말은 슬프다는 말이었지, 하면서.

어느 날은 시를 잘 읽었지만, 또 어느 날은 시를 한 줄도 이해할 수 없었다. "어떻게 하면 시를 잘 읽을 수 있어요?" 나는 물었다. 그러자 낙엽 선생님이 병아리 감별사 이야기를 들려주었다.

"보영아, 병아리 감별사를 어떻게 기르는지 알아? 감별사가 신참을 가르칠 때 말이야. 사람은 병아리들을 육안으로 암컷과 수컷을 구별할 수 없다. 그런데 병아리 감별사들은 일 초도 안 걸려서 암컷과 수컷을 구별하거든? 그럼 그들에게서 암컷과 수컷을 구별하는 방법을 어떻게 배울까? 그냥 그 옆에서 계속 보고만 있으면, 미친 듯이 보고만 있으면 어느새 저절로 암컷과 수컷을 구별하게 돼."

나는 선생님이 너무 좋아서, 수업 내용을 「낙엽 시인의 수업」 노트에 몽땅 기록했다. 소크라테스의 말을 모두 기록한 플라톤처럼. 공책에 여러 편의 시를 갈겨쓴 다음, 종각으로 가는 지하철에서는 시를 퇴고하고, 오는 길에는 내 시를 오십 번씩 읽었다.

수업을 마치면 벽담 집이나 종로의 포장마차에 갔다. 선생님과 이모, 삼촌 들은 소주를 마시고 나는 사이다를 마시며 시 얘기와 삶 이야기를 했다. 어른들은 나를 보며 자신의 과거를 떠올리곤 했다. 그들은 모두 나만 할 때 시에 푹 빠졌던 문청이었다. 그런데 결혼을 하고, 일을 하고, 사고를 당하고, 아이를 낳고, 여러 가지 삶의 변화로 인해 시를 쓸 수 없게 되었고, 먼 훗날 시로 돌아온 것이었다. 그들 중 한 명이 말했다.

"시를 한번 좋아하면, 빠져나갈 수 없어. 늦게라도 반드시 돌아오게 돼. 한번 삔 발목은 꼭 다시 삐게 되잖아? 그게 시잖아, 보영아. 너는 쭉 써."

걷는 걸 좋아하는 나와 희숙 할머니는 뒤풀이가 끝나면 꼭 종각에서 청계천을 따라 한 정거장을 더 가서 지하철을 탔다. 희숙 할머니의 목소리를 들으면 아무도 그녀의 나이를 짐작하지 못하리라. 나는 그녀의 쾌활한 목소리를 사랑했다. 희숙 할머니는 여행을 좋아해서 자주 시 수업을 빠졌지만, 여행을 다녀오면 근사한 시를 썼다. 행복한 것들에 대해서도 시를 쓸 수 있구나. 나는 그녀에게서 행복한 시를 배웠다. 하지만 어머니에 관한 그녀의 시들은 가슴이 멍들도록 아프고 아름다웠다. 청계천에 가면 희숙 할머니와 걸어서 집에 가던 시간이 꼭 떠오른다.

이모와 삼촌들, 이미 오십에 접어든, 칠십에 접어든 그들은 선생님에게 매주 혼나며 시를 쓰고, 울고 웃으며 연필을 쥐었다. 그들에게 시는 스스로에게 준 두 번째 기회였다.

낙엽 선생님은 내게도, 이모에게도, 삼촌에게도, 할머니에게도, 할아버지에게도 똑같이 대했다. 시에 관해서라면 낙엽 선생님은 빈말을 하지 않았다. 그래서 수업을 빠지다가 점점 나오지 않는 분도 계셨다. 어떤 계절에는 남아 있는 수강생이 나와 언주 이모뿐이었다. 낙엽 선생님은 우리 둘만 데리고 수업을 했다.(심지어 나는 수강료도 내지 않는데!) 언주 이모와 나는 시밖에 모르는 시 바보들이었고 시를 배울 수 있다면 어디든 갔다. 추운 겨울날이었다. 사계절을 붙어 살았는데 왜 모든 계절이 겨울이었던 것 같을까? 나는 시가, 시 수업이, 낙엽 선생님이, 언주 이모가 너무너무 좋았다.

어른들은 도망가기를 밥 먹듯 했지만 다시 시를 쓰러 나왔다. 시 안 쓰겠다고 몇 번이나 다짐해 놓고. 문경 이모가 들려준 이야기가 떠오른다. 갓 스무 살이 되었을 때, 그녀는 아주 추운 겨울날 시골에 내려가 처음 보는 아주머니 집에 들어가 안아 달라고 했단다. 한겨울, 낯선 아주머니 품에 안겨 아기처럼 울면서 잤다고. 문경 이모가 들려준 이야기들은 늘 벼랑 같았다. 벼랑 하니 한 삼촌이 했던 말이 기억난다. "벼랑과 절벽은 뭐가 다르지?" 꼬막 앞에서 언주 이모가 물었다. "절벽은 떨어지는 곳, 벼랑은 서는 곳이죠~" 삼촌이 말했다. 종각에서였다. 밤이면 클럽이 문을 열고, 젊은이들이 전단지를 나눠 주는 뒷골목. 휘황찬란하며 쓸쓸한 동네. 퇴근 후 모여 시를 쓰는 아주머니 아저씨들. 그들의 후줄근한 뒷모습과 뻣쩍거리는 네

온 사인은 부조화를 일으켰다. 나는 가끔 미안한 감정을 느꼈다. 왜였을까. 영어에서는 누군가에게 안 좋은 일이 일어나면 I'm sorry라고 말한다. 미안해. 내 잘못이 아니어도 미안하다고 말한다. 미안해. 미안해. 나는 알 수 없는 미안한 감정을 느끼곤 했다. 언제부터인가 나는 뒤풀이에 참석하는 대신 종각에 있는 횟집으로 출근했다. 그곳에서 오징어를 잡고, 서빙을 하고, 테이블을 닦았다. 걸레질을 하며 그날 들은 수업을 복기했다. 좋은 일이 생기면 선생님이 노래방을 쏜다고 하셨는데 좋은 일은 꾸준하게도 일어나지 않았고, 그렇게 계절이 바뀌고 또 바뀌었다.

김남숙

소설가.
소설집 『아이젠』, 산문집 『가만한 지옥에서 산다는 것』을 썼다.

랄로 쿠라의 원형

옛날부터 나는 내 이름이 싫었다. 장난으로 아무렇게나 붙인 이름이라고 생각했다. 이름을 바꾸어서 살아가고 싶었는데, 어떤 이름을 붙여야 할지도 막연히 알 수가 없어서 그대로 내버려 두었다. 좋고 나쁘고를 떠나서 어떤 것에 익숙해진다는 것은 조금은 끔찍한 일 같았다. 나는 나를 이름으로 부르는 사람들보다 나의 별명을 부르는 사람들이 더 좋았다. 그래서인지 누군가들을 처음으로 만날 때, 나는 그들의 이름에 먼저 눈이 갔다. 소설을 읽을 때도 마찬가지였다. 특히나 막연히 긴 이름들이나 아무런 의미 없이 어감이 좋은 이름들이 좋았다.

로베르토 볼라뇨의 소설집『살인 창녀들』에서「랄로 쿠라의 원형」이라는 작품이 눈에 밟힌 이유는 그 때문이었다. 광기를 뜻하는 'La locura'를 '랄로 쿠라'라는 이름으로 사용했다는 점이었다. 물론 카톨릭 사제였는지 개신교 사제였는지 모를 아버지의 성 'Cura'를 붙였다고도 소설에는 나와 있지만.

이름 때문에 눈이 갔지만 그래도 나는 볼라뇨의 짧은 소설 중「랄로 쿠라의 원형」을 가장 좋아했다. 그 소설은 용서에 관한 소설이라고 생각했다. 소설 속의 '나'는 살인청부업자다. 남의 지시에 따라 일하던 살인청부업자 '나'가 이제서야 나를 위해서 누군가를 죽이기로 마음먹는다. '내'가 죽이고자 했던 사람의 이름은 파하리토 고메스다. 포르노 배우였던 어머니가 '나'를 임신했을 당시 찍었던 포르노의 상대 배우인 파하리토 고메스. '나'는 성인 되어서 배가 나온 어머니가 그와 찍었던 비디오를 보고, 부들부들 치를 떨며 다짐한다. 견딜 수 있어. 그는 그렇게 말한다. 그러나 그는 견딜 수 없는 쪽이었다. 그가 어머니의 몸 안에 있을 때 그의 성기가 그의 눈을 찔렀다고 믿었다.

볼라뇨의 소설은 기이하고 신기한 이야기들로 가득하다. 그의 짧은 소설을 읽으면서 그런 생각을 많이 했다. 나는 이런 소설을 절대 쓸 수 없을 것이라는 생각. 쓴다고 해도 억지로 쥐어짜 내는 이야기일 것이라는 생각. 사실 이야기란 자기가 보고 느끼고 쓰고 싶은 이야기만 쓰게 되니까, 어떤 지점을 따라가고 싶다고 해도 따라갈 수 없는 것이니까. 어쨌거나, '나'는 그토록 찾았던 파라히토 고메스를 찾아간다. 그리고 죽이지 않는다. 그는 허름한 방에서 영화를 보고 있었고, 그의 모습에서 어떠한 무력함을 느끼고는 그를 죽이지 않는다. 복수와 용서 사이를 쎄 내려갔다는 것이 나에게는 신기했다. 나는 소설에서 어떤 방식으로든 사소하게 혹은 시시하게 복수를 하는 편이었다면 볼라뇨는 반대였다. 세상에 이런 소설이 많다는 생각이 들면, 고메스를 찾아간 쿠라처럼 무력감을 느낀다. 협소하고 좁은 시선으로 앞으로 어떤 이야기를 써야 하는지, 누구를 써야 하는지도 잘 모르겠다는 생각이 들기도 한다.

시간이 지날수록, 소설을 쓰면 쓸수록 단단해지고 있다는 느낌보다 물렁해지고 있다는 느낌이 더 강하게 든다. 어떤 생각도, 습관도, 고집도 전부 다 고무처럼 물러지고 있다는 느낌. 단단했던 것들이 한번씩 깨어지고 다시 재조립되는 중이라면 좋을 텐데, 나는 아직 깨어진 채로만 시간을 보내고 있다는 생각이 든다. 이 상태가 얼마나 더 길어질까. 깨어진 것들이 붙기는 할는지. 아직은 모른 채, 시간을 보내고 있다. 마음속에 남아 있는 희망이라고 하면 그래도 시간이라는 것이 무언가를 알려 줄 것이라는 막연한 생각이다.

　그래도 소설이 좋은 건 쓰는 사람의 입장을 바꾸어 줄 순 없더라도 읽는 사람에게는 조금의 변화를 준다는 점이다. 나는 그 소설을 읽고 난 뒤에 별명에 더 집착했다. 나의 별명뿐만 아니라 누군가들의 별명과 새로운 별명을 만드는 데 전보다 시간을 썼다. 여러 가지에 별명을 붙여 보고 이름 대신 그것들을 불렀다. 그런 쓸데없는 것에 시간을 보내는 내가 좋았다. 그러다 소설을 쓰지 않거나, 제대로 쓰지 못하는 시간을 어처구니없다고 생각하지 않기로 했다. 어차피 시간 앞에서는 무력해진다고, 없던 용기도 내고, 없던 희망도 생긴다고 그 소설처럼 한 번쯤 그렇게 생각하기로 했다.

5월에 쓴 소설

5월 말에 소설을 썼다. 오랜만에 쓴 소설이었다. 마지막 결구만 남겨 두고 처음부터 다 지우기를 여러 번 반복했다. 아쉬움은 없었다. 너무 별로라서 지우는 편이 나을 것 같았다. 자꾸만 생각이, 장면이 머릿속에서 바뀌는 속도를 따라가기 힘들었다. 마음이 조급했다. 어떻게 하면 기한 내에 잘 맞춰서 쓸 수 있을지, 눈을 감으면서도 생각하고 눈을 뜨면서도 생각했다.

집에서 소설을 쓰면서는 항상 호밀빵만 먹었다. 소설을 쓰면서 앉아 있을 때마다 자꾸 몸이 붓는 기분이 싫어서였다. 점심, 저녁으로 호밀빵을 두 쪽씩 구워 먹었다. 호밀빵을 굽고는 아무런 간 없이 아작아작 씹기만 했다. 목이 막히면 진하고 시원한 커피를 쪽쪽 빨아 먹었다. 호밀빵을 먹을 때마다 생각한 것은 아무래도 내가 이번 소설을 잘 쓸 수 없다는 생각뿐이었다. 그래서인지 그때 이후로 지금도 호밀빵만 보면 자동으로 그 생각이 떠오르곤 한다. 잘할 수 없음. 잘 해낼 수 없음. 빵을 씹을 때마다 부스러기를 책상 위로 흘리면서 먹던 모습들이 머릿속을 스쳐 지나갔다. 예전처럼 울고 싶은 기분이 들거나 울상이 되는 것은 아니었다. 그저 아무런 감정의 동요 없이 그런 생각을 하고 있었다. 잘 하지 못한다고 해서 속상하거나 몸 둘 바를 모르겠다거나 스스로를 못 견딜 것 같은 기분은 들지 않았다. 어차피 늘 뜻대로 되지는 않았으니까.

냉장고를 열어 보면, 아직도 그때 사 둔 호밀빵이 유통기한이 지난 채 냉장고에서 두 달째 서식하고 있다. 조금도 손대지 않아서 곰팡이 하나 없이 원래의 모습을 자랑하고 있는 호밀빵들을 보고 있으면, 그것들이 나한테 무언가를 말하는 것 같다는 생각이 들기도 한다. 좀 잘 해 봐, 아니면 그냥 인정해, 같은 말들. 나는 호밀빵들을 물끄러미 바라보다가 알 수 없는 마음으로 냉장고를 닫았다.

언제부터 소설을 쓰고 싶어 했더라, 솔직히 잘 기억나지 않는다. 쓰려고 엄청 마음 먹지는 않았고, 그저 이것저것 쓰려고 하다 보니 그게 소설과 제일 비슷한 무언가였던 것 같다. 따지고 보면 나는 전혀 솔직하지 못한 사람이었는데, 자신이 솔직하다고 믿는 사람이었다. 거짓말을 진짜처럼 아주 조금씩 바꾸어서 말하기를 잘 했으니까.

내가 처음 쓴 소설의 제목을 나는 아직도 기억한다. 첫 소설의 제목은 손톱, 이었는데 아주 못 쓴 이상한 소설이었다. 손톱을 잘 깎지 않는 인물이 나오는 소설. 그때만 해도 내가 지금까지 소설을 쓸 것이라는 생각은 하지 못했다. 워낙에 잘 쓰지 못했으니까. 못 쓰는 소설을 계속 쓰기보다 학교를 졸업하고 직장을 구하게 된다면 그것도 나쁘지 않다고 생각했다. 그럴 수 있다면 좋겠다고 생각하기도 했다. 정해진 시간에 책상에 앉아서 일을 하고 정해진 금액을 받는 일. 안정적이지 않지만, 안정적으로 보일 수 있는 일. 물론 그때와 지금이 크게 다르지는 않았다. 소설을 쓰고 있기는 하지만 지금도 소설을 잘 쓸 수가 없다는 것을 아니까. 되는 대로 쓰고, 다시 한번 해 보고, 안 되면 다음 번에 잘 써 봐야지, 생각할 뿐이니까. 다음이 있다면 좋은 일인 것이고, 없다면 좀 슬프겠지. 슬프지만 어쩔 수 없다고 생각하겠지. 나는 그러한 상황들을 '어쩔 수 없다.'라고 말할 수밖에 없다. 그런데 진짜 '어쩔 수 없다.'고밖에는 말할 수 없을까? 그게 최선일까.

소설을 쓰는 동안에는 항상 동네를 걸었다. 같은 자리를 빙빙 돌면서 혼잣말을 하기도 했다. 잠옷 바람 비슷한 차림으로 슬리퍼를 직직 끌고 돌아다니면서 어떤 생각에 잠겨 있는데 사실 그건 생각이라기보다 기분에 가까울 것이었다. 그렇게 한참을 빈손으로 털레털레 걷다 보면 슬리퍼 밑에 채이는 돌멩이처럼 무언가를 툭 알게 될 때가 있었다. 노력하고 쥐어 짜내도 결국에는 넘지 못하는 부분이 있다는 것. 노력으로도 통제할 수 없는 부분은 당연하리만치 늘 있다고. 통제의 통제의 통제와 반대의 반대의 반대를 생각해봐도 모든 것은 항상 나중에 드러난다고.

첫 번째 소설집을 내고 생각이 정리되지 않아서 한동안 소설을 쓰기가 어려웠다. 다시 그 소설들을 바라보기 힘들었고, 그렇다고 그냥 지나 보내기도 힘들었다. 시간이 지나고 나서 나는 그 책이 나에게 무슨 의미였는지 생각했다. 생각을 거듭할수록 그 책의 의미는 간단했다. 그저 나의 첫 번째 책이 나왔다는 것이 전부였다. 그러나 그렇게 간단한 의미와는 별개로 마음이 힘들었다. 다시 앉아서 내가 쓴 소설집을 꺼내 읽을 때마다 그 이야기들과 그 이야기들 속의 생각들이 전부 다 옛날이야기처럼 느껴졌다. 내가 아닌 다른 사람이 쓴 엉성한 이야기로 읽히기도 했다. 자신의 책을 소중하게 생각하는 이들도 있겠지만, 지금 나에게는 내 책은 그저 물질 같다는 생각밖에는 없다. 물론 그 시절을 생각하면 호밀빵이든, 샌드위치든, 무엇이든 생각나면서 한편으로 쓸쓸하지만.

마감을 미룰 수 있을 때까지 미루고, 소설을 마무리했다. 소설을 다 쓰고도 한참을 그 소설을 쓸 때의 생각에 머물러 있었다. 소설에 나온 누군가처럼, 혼자서 '무언가를 결심할 수밖에 없는 사람'과 '결심하지 않아야 하는 사람'의 생각 사이를 여러 번 오갔다. 이미 쓴 지 오래였지만 여전히 소설 속에 머물러 있는 듯이 우울했고, 묘하게 가슴이 꽉 막힌 기분이 들었다. 그래서인지 더더욱 냉장고 속의 빵을 버리지 못했다. 소설을 보내고 나서 아무에게도 말하지 않았지만, 언제까지 쓸 수 있을까? 내가 더 쓸 말이 있을까? 생각했다. 없다고 생각할 때도 있었고 그래도 아직 있다고 생각할 때도 있었다.

다 쓰고 난 다음에는 항상 밀린 숙제를 해치운 사람처럼 이상한 감정이 넘실넘실 찾아왔다. 이유 없이 털썩 털썩 아무렇게나 앉아 버리고 싶고, 한바탕 침이나 콧물을 줄줄 흘리면서 울고 싶고. 죽어도 포기가 안 되던 그런 부분들과 마음들이 천천히 허물어지고.

한동안 아무것도 하지 않다가, 주말이면 영화를 몰아서 봤다. 누군가가 입술을 깨물며 울음을 참거나 아니면 콧물과 눈물과 침을 쏟으면서 우는 영화들. 그런 장면을 보고 있으면 마음이 씻기는 것처럼 개운한 기분이 들었다. 그 정도로는 안 되지, 더 울어 봐, 속으로 중얼거리면서.

소설을 다 쓰고 나면 원래 머릿속에 아무것도 없던 것처럼 머리가 텅텅 비는 듯한 기분이 들곤 한다. 엉망이 된 퍼즐을 다시 제자리에 가져다 놓는 것처럼 나는 답이 없는 질문을 한다. 왜 쓰지? 왜 하지? 왜 살지? 왜 웃지? 왜 울지? 어찌저찌 답을 해 보려 해도 온통 마음에 안 들어서 동네를 빙빙 돌면서 답없는 질문을 스스로에게 계속 던져보게 된다.

5월에 마지막으로 쓴 소설의 제목은 '보통의 결심'과 '조용한 생활'이다. 한 편으로 엮을 수도 있었던 소설을 완전히 다른 인물을 등장시켜서 두 편으로 쪼개 놓았다. 두 편을 썼지만 한 편을 쓰고 있는 느낌이었다. 그리고 쓰면서 분량이 더 길어져야 한다는 생각을 하기도 했다. 소설을 쓸수록 부족한 것을 느껴서인지, 그저 자꾸만 늘어지는 것인지, 아니면 둘 다인지 알 수는 없었다. 읽는 이들은 아니라고 할지 모르지만, 나에게 그 소설에 등장하는 두 인물이 같은 사람처럼 느껴진다. 어떤 것을 선택할지 고민하는 인물과 어떤 것도 선택하고 싶지 않다는 생각을 하는 인물은 모두 한 몸에서 나온 생각이니까. 소설을 쓰고 나서 친구들에게 내가 쓴 소설에 대해서 몇 마디 물어보았다. 그때 나는 조금 얼큰하게 취해 있었고 취했음에도 창피해서 웅얼거리며 물었다. 나 이렇게 쓰는데 계속 쓸 수 있나. 한 것도 없는데 왜 이렇게 지치지. 엄살이 너무 심한가.

소설을 쓰고 나서 '결심'이라는 단어가 어디에 붙는지 혹은 어떤 생각에 붙는지에 따라서 무섭고 거북하거나 감당하기 힘든 것처럼 느껴졌다. 지금도 어떤 사람들은 어떤 결심 앞에 놓여 있기도 하겠지. 나와 아무리 가까운 사람일지라도 그 결심을 이해하기는 어려운 법이겠지. 그러면서도 아는 척 무언가를 썼네. 그렇게 알 수 없는 마음을 담아서, 또.

유계영

시인.

시집 『온갖 것들의 낮』『이제는 순수를 말할 수 있을 것 같다』『이런 얘기는 좀
어지러운가』『지금부터는 나의 입장』, 산문집 『꼭대기의 수줍음』 등을 썼다.

누구의 손입니까?

　노을에 대해 쓰고 싶다. 그러려면 손에 대한 이야기를 먼저 해야만 한다. 말로만 전해 들었던 그 노을을 머릿속에 떠올려 본 이후로 나에게 모든 날의 노을은 누군가의 손이기 때문이다.

　사람이 사람에게 손을 펼쳐 보이는 동작의 의미.

　워! 길모퉁이에서 튀어나온 내가 당신을 놀라게 할 때.
　여기야. 먼 데서 다가오는 당신을 부를 때.
　이제 그만. 마음에도 없는 말을 쏟아 내는 나에게.
　이리 와. 아기 너를, 길고양이를, 귀여운 것을 안고 싶을 때.
　돌려줘. 당신에게 준 내 것을 다시 원할 때.
　이만큼. 다섯 개 혹은 열 개만큼의 무언가.
　최고! 그건 우리의 하이파이브.
　안녕. 잠시 만날 때.
　안녕. 영원한 헤어짐.

　그리고 나의 손이 하는 일 중 내가 가장 몰두하는 일은 아무래도 시를 쓰는 일인 것 같다. 나는 시가 다른 이에게 손을 펼쳐 보이는 것과 비슷하다고 생각했다. 나는 시가 당신을 깜짝 놀라게 하고 먼 데서 다가오는 자를 가까이 당겨 부르며 광폭에 휩싸인 자를 광기의 경계선까지만 건져 올리며 제정신 상태로 뒷걸음치게 할 뿐 더러 사랑을 다정히 안기 위한 포옹이자 빼앗긴 나를 돌려받기 위한 저항, 단 하나의 몸짓 속에 숨어 있는 무한한 겹침, 환희에 찬 순간을 더욱 번쩍이게 만드는 마찰, 삶과 만나고 헤어지게 하는 영혼의 속삭임이라고 믿었다.

이것이 마냥 순진무구하기만 한 믿음인지 약간의 기대라도 걸어 볼 만한 믿음인지는 아직도 잘 모르므로 내가 노을에 대해 말하고자 함은 이와 같은 생각이 틀렸다고 말하기 위함이 아니다. 그저 단 한 번도 보지 못한 노을이 있다는 것에 좀 당황스러운 기분이 들었다는 것이다.

작년 여름에 A를 처음 만났다. 그는 술자리에서 내 시에 대해 몇 가지 질문을 던졌다. 난감했다. 편협한 대인 관계 탓이겠지. 내가 꾸준히 만나 온 사람들은 모두 시를 쓰고 있거나 적어도 시를 써 본 적이 있는 사람들이기 때문에 일상에서 시에 대한 질문을 받은 일이 거의 없었다. 단어 하나하나 신중하게 골라 대답했다.

A는 시를 쓰지 않는 사람이었고 시인에 대한 호감이 있는 것은 분명해 보였지만 자신은 시를 전혀 읽을 줄 모른다고 말했다. 시를 전혀 모른다는 사람에게, 그러나 시인을 기대하는 사람에게, 시를 뭐라고 말해 주면 좋을까. 어떻게 열심히 떠들었는지는 기억나지 않는다. 그러나 적어도 그때의 진심을 다해 이야기했었다는 사실만큼은 정말 다행이다.

자리를 떠날 때쯤 A가 말했다.

"나도 알아요."

"무엇을요?"

"나도 그냥 사는 건 아니니까요."

"그럼요. 그럴 거라고 생각해요."

"일터에서 사고가 많이 나요. 몸으로 하는 일은 몸으로 다치니까요. 한 번은 동료의 손가락이 잘렸어요. 떨어진 손가락을 챙겨서 택시를 탔어요. 동료가 옆에서 많이 울었어요. 피도 쏟아지고 눈물도 쏟아지고 죽는다고 우는데, 그걸 보기 싫더라고요. 창밖으로 고개를 돌렸어요. 병원에 도착하는 내내 난 창밖만 봤어요. 그때가 저물녘이었는데, 노을이 붉더라고요. 한남대교 위로 노을이 정말 붉었어요. 그렇게 붉은 하늘은 본 적이 없어요."

아무 말도 할 수 없었다. 그렇게 우리는 각자 다른 방향으로 걸어 헤어졌다.

그날 이후 자주, 노을이 번진 하늘을 올려다보려고 노력했다. 그러나 노을은 매일 타오르지 않았고 어쩌다 마주치게 된 노을은 생각처럼 붉지도 뜨겁지도 않았다. 단지 누군가 나를 향해 펼쳐 보인 텅 빈 손 같았다.

나는 사람이 언어의 빙판 위를 조심조심 걸어가는 존재라는 생각을 더 이상 하지 않는다. 시를 쓴다는 것은 언어의 빙판을 조금씩 두텁게 얼리는 일이라는 과거의 생각을 향해 돌을 던진다. 언어는 삶을 반영한다는 것을 알고 있었으나 나는 언제부턴가 빙점에 도달하는 속도를 올리기 위해 오직 언어만을 시의 질료라 생각했던 것이 아닌지. 시를 습관으로 쓰게 되는 것, 허영으로 쓰게 되는 것이 가장 큰 두려움이었으면서도 인간의 삶을 애정 어린 눈으로 바라본 적이 없다는 것. 그것은 깊게 잠든 이에게 늘어놓는 공허한 귓속말에 지나지 않는다.

나는 자주 A를 만나 고민을 늘어놓았고 한동안의 주제는 내 무력감이었다. 시가 아무것도 아닌 것 같았다. 시가 아무것도 아니라면 그 아무것도 아닌 것조차 제대로 못하는 나는, 더욱 아무것도 아니지 않나. 자신을 육체노동자라고 소개했던 A를 만나면서는 더욱 그랬다.

물론 어렴풋이 시의 몫에 대해서는 느끼고 있었지만, 내 손은 생활에 관련한 직접적인 것은 아무것도 만들어 내지 못하니 이처럼 무능한 손이 없는 것이다. 가끔 음울하게 세상을 바라보는 것 말고는 오랫동안 집중할 수 있는 일도 없다는 것. 이런 사실들이 나를 의기소침하게 했다. 시는 나 개인의 단순한 욕망 가운데 단 하나를 채우기에도 역부족이고 나는 언제나 나라는 창문으로만 고개를 내밀었기 때문에 정말로 시가 필요한 세상이 있다면 그 세상은 좀 별난 곳일 거였다. 시는 밥을 사 주지도 않는데, 외투를 입혀 주지도 않는데, 도대체 왜 시인은 자꾸자꾸 태어나는 걸까.

내가 시로써 충족할 수 있는 욕망은 어디까지나 정신적인 은유에 지나지 않았다. 그러나 노동의 육체를 동경했던 나의 시간은 노동의 육체를 갖게 해 달라고 빌었던 시간이 전혀 아니다. 그저 노동의 육체를 바라보며 발만 동동 굴렀던 시간이었을 것이다. 그 어쩔 수 없고 피할 수 없는 날들을 어떻게 감당하고 있냐고. 당신들이 너무 대단한 나머지 나의 하찮음을 견딜 수가 없어졌다고.

A는 왜 그런 생각을 하는지 도저히 알 수 없다는 얼굴로 말했다.

"그런가요? 시인에게는 시가 필요하지 않을 수도 있겠네요. 그런데 생각해 봐요. 누구는 나무를 하는 사람이고 누구는 쇠를 두드리는 사람, 누구는 가축을 기르는 사람이고 누구는 도축을 하는 사람, 누구는 밥을 짓는 사람이죠. 그들이 고달픈 하루치 노동을 마치고 각자의 집으로 돌아가 누워서도 내일의 노동만을 생각해야 할까요? 어느 이야기꾼 집에 모여 그의 이야기를 듣는 시간을 갖는다면요? 그것이 노동으로부터 그들을 잠깐이라도 해방시키는 일이라면요? 그들이 하루 종일 노동자이기만 한 건 아니에요."

A의 대답 속 이야기꾼이 시인이라고는 생각하지 않았지만 알 것 같았다. 일하려고 일하는 인간은 어디에도 없다. 시를 위한 시가 어디에도 없듯이.

A는 아직도 시인의 손이 많은 것을 한다고 믿는다고 했다. 나

는 여전히 울적한 두 눈으로 세상을 바라보지만, 노을이 물들 때, 생존이 아니라 삶을 생각하는 인간에 대해 커다란 감동과 존경심을 느낀다. 삶의 난투로 피투성이가 된 현장에서 고개를 돌리고 붉게 타오르던 저녁노을을 바라보던 수많은 눈동자에 대해서도. 더 똑바로 바라보기 위함을 알며.

점과 백

고양이 울음소리가 들렸다. 보이지는 않았다. 공원에 고양이가 있다는 게 놀랄 일은 아니다. 동물은 자신이 모습을 드러내고자 할 때를 제외하곤 대개 사람의 눈에 띄지 않는다.

친한 친구가 키우는 회색 고양이도 집 안의 사각지대에서만 살았다. 가전제품 수리 기사나 가스 검침원들은 그 집에 고양이가 산다는 사실을 꿈에도 모를 것이다. 그 집에 자주 드나들던 나 역시 잘 몰랐으니까. 친구의 고양이는 옷장 서랍 속에 잘 포개져 있다가 티셔츠와 함께 튀어나올 때도 있었고 냉장고 위에 잿빛 먼지처럼 조용히 쌓여 있을 때도 있었다. 간혹 그가 자신의 모습을 드러내기를 원할 때에도, 친구는 그것이 마치 소파의 일부나 카펫의 문양처럼 느껴진다고 했다.

친구는 내게, 이 은닉의 천재로 인한 기절초풍의 일화를 들려줄 때가 종종 있었다. 네가 같이 살고 있는 건 고양이가 아니라 고양이를 키우고 있다는 오해일지도 몰라. 오해라는 반려. 나는 웃었다.

그러나 모르는 건 아니다. 보이는 게 다는 아니라는 걸. 그렇게 생각하는 사람이라면 둘 중에 하나라는 걸. 멍청한 자이거나 도통한 자. 나는 속인에 불과해서 눈에 보이는 존재만 믿고 그러지 않는다. 야옹하는 소리가 들렸다는 건 보이지 않지만 이곳 어디 고양이가 있다는 것이다. 자동차 밑에. 주차된 차가 한 대도 없다고 한다면 나무 위에. 나무가 한 그루도 없다고 한다면 구름 뒤에. 구름 한 점 없는 날씨라면 행인의 불룩한 가슴속에. 아무도 없다고 한다면 한 발 물러선 정물과 같이. 그들은 은닉의 천재니까. 게다가 공원이잖은가. 공원은 무수한 '몸'으로 언제나 총천연색이다.

　나는 공원에 사는 네 마리의 고양이를 이미 알고 있다. 모두 같은 무늬를 지어 입은 걸로 보아 한배일 것이다. 공원의 산책자들에게는 인기 만점의 귀염둥이들이기에, 고양이를 위한 밥그릇과 물그릇은 언제나 넉넉히 차 있었다. 그때 들려온 울음소리도 덤불에 몸을 감춘 네 마리 중 한 녀석의 소리가 아니겠는가.

　산비둘기가 뒤뚱거렸다. 가까이 다가갔더니 슬금슬금 자리를 비켜 주었다. 야옹하고 울었다. 아니 잠깐. 내가 뭘 들은 거지? 비둘기가 야옹야옹 소리를 내고 있었다. 비둘기가 내는 소리가 분명했다.

　네가 먹은 것이 너 자신이라는 말. 그때 그 말을 왜 떠올렸을까. 나는 그날 저녁 고등어조림과 꽈리고추볶음, 검은콩밥을 먹고 흰 우유 한 잔을 마셨다. 나의 반나절을 사람으로 작동하게 하는 것이 고등어와 꽈리고추와 검은콩과 벼와 소의 젖이라는 걸까. 나의 혈액 속에, 근육과 세포 속에, 고등어와 꽈리고추와 콩과 벼, 그리고 소의 죽음이 흐르고 있다는 것을 알고나 있으라는 걸까.

　계급에 대한 이야기인가. 그런 것은 모르겠다. 문득 비둘기가 고양이 사료를 주워 먹던 장면이 떠올랐을 뿐이다. 고양이 밥그릇이 있는 곳에 가 보았다. 산비둘기 대여섯 마리가 밥그릇 주위를 둘러싸고 있었다. 야옹거리며 사료를 먹고 있었다. 내가 가까이 다가가자 슬금슬금 자리를 비켜 주었다.

　나는 밥그릇을 자세히 들여다봤다. 개미가 우글거리고 있었다. 나뭇가지를 집어 사료를 휘저었다. 개미들이 뿔뿔이 밥그릇을 빠져나갔다. 개미가 야옹거리고 있었다.

　가족이라면 하루 한 끼 정도를 꼭 같이 먹어야 한다는 게 아버지의 고집이었다. 스무 살이 되기 이전까지는 그렇게 했다. 각자의 귀가 시간이 달랐기 때문에 우리는 어쩔 수 없이 아침을 함께 먹었다. 아침잠이 많은 나는 무엇을 밀어 넣고 있는지도 모른 채 꾸역꾸역 밥을 삼켰다. 나의 두 다리는 식탁 밑에서 흔들리고 있었지만 두 팔은 몽유병 환자처럼 꿈속을 서성였다.

　네가 먹은 것이 너 자신이다. 그렇다면 나는 그 시절의 내가 누구였는지 도대체 알 수가 없다. 비둘기가 비둘기처럼, 개미가 개미처럼, 냉장고가 냉장고처럼 존재해야 하듯이 나는 나의 가족답게, 인간답게 말하고 생각했을까. 그것을 나라고 해도 괜찮을까. 곧 다섯 살이 되는 반려견이 점점 인간미를 완성해 간다. 나와 많은 것을 나눠 먹은 것이 원인일 수도 있다.

　공원을 둘러본다. 야옹거리는 비둘기와 개미를 수상해하는 누군가가 있을지도 몰랐다. 그러나 사람들은 팔을 크게 휘두르며 공원을 빙빙 돌거나 훌라후프를 돌리는 일에 여념이 없다. 철봉에 끙끙 매달린 사람과 블루투스 스피커로 흘러간 유행가를 크게 틀어 놓은 사람도 있었다. 모두 각자의 소리를 만들고 있었다.

　맹꽁이밭에서 꿀꿀거리는 소리가 울려 퍼졌는데 이 소리는 누가 듣고 있을까. 아무도 듣지 않는다면 없는 것이 될까. 야옹거리는 비둘기와 개미 또한 목격하지 않았다면 없는 일이었을 것이다.

　내게 초월적인 심미안이 있다는 말을 하려는 것은 아니다. 나는 누구에게나 설명하기 어려운, 설명하려 애쓸수록 미치광이처럼 보이기 십상인 신비로운 일 하나쯤은 발생한다고 믿는다. 세상에 알리려 하거나 비밀을 지키거나, 각자 다른 선택을 할 뿐이다. 또 누군가는 웃을 것이다. 시 쓴다는 자들은 과학적 해석의 여지가 충분한 현상을 대할 때에도 자신이 원하는 만큼만 경험하려고 하며 그 생소한 수수께끼에서 의미를 이끌어 내려는 경향이 있다고 말이다. 그런 문제 제기에는 순순히 항복하겠다. 나는 과학과 수학이라면 언제나 바보 취급을 당할 준비가 되어 있다.

만약 언젠가
돌 하나가 너에게 미소 짓는 것을 본다면,

그것을 알리러 가겠니?[1]

프랑스 시인 외젠 기유빅은 자신의 시에서 이와 같은 질문을 던진 적이 있다. 나는 이 질문을 삶의 태도처럼 지니고 다녔다. 돌의 미소를 알리러 가야 할지, 돌의 미소를 비밀에 부쳐야 할지 선택의 기로에서 한 발자국씩 옮겨 보기도 했다.

깨달은 것이 있다면 하나다. 돌의 미소를 알리려는 사람도, 돌과의 비밀을 지키려는 사람도, 이미 시를 쓰고 있다는 것. 돌이 당신을 향해 미소 지었다는 건 당신이 돌의 미소를 바라보고 있었다는 것이기도 하니까.

돌을 시로 바꾸어 말하면 좀 쉬울까. 만약 언젠가 시가 너에게 말을 걸어온다면 그것을 알리러 가겠니? 시가 당신에게 말을 걸었다는 건 당신이 시의 목소리를 듣고 있었다는 것이다. 귓구멍을 후비지 않고, 눈꺼풀을 비비지 않고, 자신의 삶에 벌어진 신비로운 사건에 경탄하면서.

나는 고양이 밥그릇 속에 고개를 밀어 넣고 허겁지겁 사료를 쪼는 비둘기와 일사불란하게 끼니를 해결하는 중인 개미를 봤다. 야옹야옹 울고 있었다. 어디선가 고양이가 숨어서 소리를 냈을 수

---

1 외젠 기유빅, 이건수옮김, 「만약언젠가」, 『가죽이벗겨진소』(솔, 1995), 26쪽.

도 있다. 그런데 왜 그렇게까지 내가 보고 들은 것들을 부정해야 하는가. 더욱 권태로워지기 위해? 세계의 별거 없음에 실망하기 위해? 공원의 둘레가 부드러운 고양이 털처럼 황금빛으로 출렁이고 있었다.

소유정

문학평론가.
산문집 『세 개의 바늘』을 썼다.

그 전화만큼은 보이스 피싱이 아닐 수 있다

소유정씨되십니까?

다시 생각해도 보이스 피싱이 아닐 리 없는 목소리였다.

……네. 그런데요?

긴장감이 증폭되었다. 보이스 피싱이라면 전화를 끊을 타이밍을 잡아야 했기 때문이다. 게다가 새 옷에 한 쪽 팔을 꺼 넣은 상태라서 매우 불편했다. 전화를 받던 순간의 기분과 몸 상태 모두가.

조선일보 문화부입니다.

그리고 이내 편안해졌다.

＊

기억이라는 게 단지 어떤 장면만으로는 설명되지 않을 때가 있다. 어떤 기억은 선명한 풍경뿐만 아니라 그 순간의 마음과 고여 있는 감정 같은 것까지 함께 이야기되어야만 한다. 그것은 하나의 덩어리로 좀처럼 떨어지지 않아서 분리해서 말할 수가 없는 것이다.

2017년의 가을과 겨울이 내겐 그랬다. 석사 과정 수료를 앞둔 학기였고 그래서 내내 불안했다. 내가 나 자신을 갉아먹고 있다는 말만이 나를 설명할 수 있었다. 무엇이라도 되고 싶었으나 무엇도 되지 못했기 때문이었다. 시도조차 하지 않았으면서 뻔뻔하게 두려워했다. 학부를 마치고 곧장 대학원에 진학할 때에는 안도와 기대만이 전부였던 것 같다. 당장 사회에 뛰어들지 않아도 된다는 안도, 하고 싶은 공부를 더 할 수 있다는 기대. 안도와 기대를 품고 2년 가까이를 보냈지만 남은 건 불안뿐이었다.

무엇도 정해지지 않은 막연한 미래를 짐작해 보니 왠지 그 시간 속의 나는 더 이상 쓰고 있지 않을 것 같았기 때문이다. 마음에 드는 물건을 사고 나면 월말의 잔고를 걱정해야 하는 류의 보통의 불안만을 안고 사는 사람이고 싶어서 가을과 겨울을 열심히 보내기로 했다. 추운 계절을 부지런히 보내면 괜찮을 것 같았다. 뭐가 되진 못하더라도 하다못해 기분이라도 훨씬 나아질 것 같았다. 우선 친구와 함께 6주 과정의 출판 편집자 되기 수업을 듣기로 했다. 문학평론가가 되기까지 얼마나 시간이 걸릴지 알 수 없었으므로 그동안 다른 직업을 가져야 했기 때문이다. 책을 만드는 사람에 대한 동경은 언제나 있었고, 마침 수업을 맡은 선생님이 한국문학 편집자였기 때문에 수업을 신청하는 것엔 망설임이 없었다. 더군다나 책을 만드는 일이 궁금하긴 했으나 편집자의 업무가 어디서부터 어디까지였는지는 잘 알지 못했으므로 나에게는 꼭 필요한 강의였다. (직업을 다시 생각해야 할 수도 있으니 말이다…….)

편집자 수업을 들으며 동시에 얼마 남지 않은 신춘문예에도 투고하기로 마음먹었다. 마음을 먹었다고까지 말하는 이유는 그전까지는 투고조차 망설였기 때문이다. 같이 공부하는 친구들과 선생님이 아닌 다른 이가 내 글을 읽는다는 것에 대한 막연한 공포가 있었다. 문학장 안에서 두루두루 읽히는 글을 쓰고 싶어 하면서도 정작 그런 사람이 되기 위해 타인에게 글을 보이는 것은 어쩐지 부끄러웠다. 그래도 석사를 마치기 전에는 꼭 한 번 투고를 하고 싶었다. 그것이 지난날에 품었던 안도와 기대에 대한 결실이었으면 했다. 좋은 결과는 없더라도 시도를 하는 것만으로도 좋았다. 시작이 반이라는 말도 있으니까, 반은 가지 않을까. 그런 마음으로 한 문장씩을 더해 나갔다.

가장 많이 문장을 더했던 건 합정역 카페에서였다. 편집자 수업을 듣기 전 카페 콜마인에 앉아 커피와 함께 팥 크림이 든 케이크 한 조각을 먹으며 짧게는 몇 문장을, 길게는 한 문단 이상을 쓰고 시간이 되면 수업을 들으러 갔다. 그렇게 글 한 편을 완성했을 땐 오랜만에 오롯한 만족을 느꼈다. 글에 조금의 아쉬움도 없었던 것은 아니었지만, 전에 없이 즐겁게 썼다는 생소한 느낌이 들었기 때문이었다.

그렇게 소중한 글 한 편을 완성했을 땐 마감 기한이 남아 있는 신문사가 얼마 되지 않았을 시점이었다. 마감이 열흘 정도 남은 곳이 한 군데 있었고, 두 곳 정도가 3일 뒤까지 원고를 받고 있었다. 글 하나를 쥐고 나자 이상하게 욕심이 생겼다. 일단 마감 기한이 얼마 남지 않은 신문사 중 한 곳에 이걸 보내고, 열흘 안에 또 글 한 편을 써서 두 개를 투고해 보면 어떨까…… 하는 지켜지지 않을 그런 마음. 우체국에 갈 때만 해도 그런 마음이었다. 다음 주에 다시와서 하나를 더 보내야지. 하지만 글이 쉽게 마무리되지 않는다는 핑계, 기말 과제로 시간이 부족했다는 핑계, 온갖 핑계로 쓰겠다던 글은 끝내 보내지 않았다.

결국 달랑 글 하나를 투고하고 만 셈이었는데, 이전에 심사평에서 이름이 거론되었다거나 하는 전적이 전혀 없었기 때문에 기대 또한 없었다. 그랬기에 아무런 마음의 준비 없이 전화를 받게 되었던 것이다. 그때 나는 쇼핑 중이었다. 마음에 드는 옷을 입어 보기 위해 들어갔던 탈의실 안에서, 새 옷에 한 쪽 팔을 껴 넣은 채로, 잠시 벗어 두었던 코트 안에서 전화 벨소리가 울렸을 때 나는 한 번 고민했다. 꺼낼까 말까. 자유로운 나머지 팔로 주머니에서 휴대폰을 꺼내었는데 모르는 번호가 떠 있을 때에도 나는 한 번 고민했다. 받을까 말까. 요즘 들어 보이스 피싱 전화가 너무 많았고, 대출 홍보, 부가 서비스 홍보 전화도 잦았던지라 두어 번 벨이 더 울릴 만큼 고민했지만 그렇다면 금세 끊을 요량으로 전화를 받았다.

여보세요?
소유정 씨 되십니까?

이후 열린 시상식에서 수상 소감을 말할 차례가 되었을 때, 보이스 피싱인 줄 알았다고 고백했었다. 그도 그럴 것이 소유정 씨 되십니까? 하고 묻는 기자님의 목소리가 실제로 몇 번인가 걸려 온 '서울중앙지방법원의 ○○○ 수사관입니다.' 하던 그 목소리들과 매우 흡사했기 때문이다.

역시나 그런 것인가…… 하는 생각이 스쳤지만 나는 한 번은 대답해 주기로 했다.

……네, 그런데요?

법원이라든가, 수사관이라든가, 범죄라든가 그런 비슷한 말이 하나라도 나오면 바로 종료 버튼을 누를 참이었다. 옷도 빨리 입어 봐야 하는데. 내가 나가야 다음 사람이 옷을 입을 텐데……. 상대의 다음 말을 기다리기까지 오만 가지 생각이 들었다.

조선일보 문화부입니다. 신춘문예 평론 부문에 투고하셨죠?

그 말을 듣기까지는 시간이 아주 느리게 갔는데 어쩐 일인지 그 다음부터는 잘 기억이 나지 않는다. 대충 감사하다는 말을 여러 번 했던 것 같고, 정신이 없는 와중에도 왼쪽 가슴에 스누피 패치가 붙어 있는 맨투맨에 비로소 양쪽 팔을 다 끼워 보고 맘에 들어 했다.

탈의실에서 나왔을 때는, 아직 옷을 사지도 않았는데 새 옷을 선물 받은 기분이었다. 어째서 그린 행운이 나에게 찾아온 걸까. 아직도 생각하면 얼얼한 기분이다. 2017년 12월 20일. 크리스마스 선물을 닷새나 당겨 받은 날이었다. 가끔 누군가 물을 때가 있다. 어떻게 등단을 하게 됐어요? 그럴 때마다 나는 여러 번 말을 고르곤 했다. 모르겠어요…… 보이스 피싱 전화를 꼬박꼬박 잘 받은 덕분입니다……. 하지만 그 어떤 것도 입술 밖으로 내놓지 못하고 살며시 웃을 수밖에 없었다. 입 안에 고여 있던 말들을 여기에 남겨 두는 것으로 뒤늦은 대답을 해 본다.

등단의 순간은 온통 기쁨이었지만 곧 슬픔이 기쁨에 비례했다. 당선 전화를 받았던 순간에 그저 얼떨떨하여 눈물 한 방울쯤 고였을지언정 줄줄이나 엉엉 같은 소리가 어울리는 눈물은 흘리지 않았다. 옷을 사서 곧장 집으로 가 가족들의 얼굴을 보았을 때 으아아 하는 이상한 소리를 내며 조금 울었을 뿐이다.

나의 슬픔은 낮의 모든 축하가 지나간 깊은 밤, 혼자 남은 후에야 시작되었다. 혹시라도 우는 소리가 방 밖으로 새어 나갈까 두려워 솜 이불을 머리 끝까지 덮어쓰고 줄줄 하고 엉엉 하고 울었다. 그것은 홀로 만끽하는 기쁨의 눈물이 아니었다. 순도 100퍼센트의 두려움으로 가득한 눈물이었다. 이제 돈을 받고 글을 쓴다……. 그것은 기쁘지만 한편으로는 무섭지……. 수정할 수 없게 종이 지면으로 남고, 디비피아나 스콜라 같은 학술 DB 사이트에서도 누구나 볼 수 있는 파일로 남을 거야. 어쩜 좋아. 너무너무 무섭다…… 게다가 나는 소설 비평을 주로 써 왔는데 어쩌다 시 비평으로 등단하게 된 거지? 물론 시를 너무 좋아하지만 시 비평은 많이 써 보지 못했는걸. 덜컥 당선이 되는 바람에 세이브 원고 같은 것도 없는데……. 어차피 비평은 세이브 원고가 무용한 장르이긴 하지만……. 어쨌거나 좋아하는 마음만으로 할 수 있을까? 그 마음으로 읽어 낸다면 오래도록 쓸 수 있을까? 번뇌가 길어질수록 울음소리가 커졌다. 그런 날이 며칠이고 계속되었다.

하지만 눈물의 연속이었던 날들이 머쓱하게도 나는 지금 문학을 좋아하는 마음만으로 계속해서 쓰고 있다. 앞으로 가야 할 길이 멀지만 그 길도 좋아하는 마음이라면 가슴 벅차게 달렸다가 또 쉬엄쉬엄 산책하는 기분으로 나아갈 수 있을 것 같다. 푸른 하늘을 배경으로 힘차게 달려나가는 명랑 만화의 주인공은 아니지만, 그 옆을 느긋하게 지나가는 행인 1 정도의 마음이라면 오래 걸을 수 있겠지.

세 개의 바늘

'비평가 선언'에 대한 원고 집필은 쓰는 나를 다시 한 번 돌아볼 수 있게끔 만든 계기가 확실하다. 그런데 생각해 보니 그 원고를 쓰기 이전에도 나는 (딱 한 번 정도) 비평가로서의 정체성에 대한 심도 깊은 생각을 했던 적이 있었다. 어쩌면 더욱 진지하게.

2년 전쯤이었나. 그 해엔 여러모로 신변의 변화가 많을 예정이었다. 하지만 아직 아무것도 결정된 게 없었고 불안만 점점 커져 갔다. 스스로를 다독여 보려는 방편으로 인터넷 토정비결이나 자미두수 같은 사이트를 들락거렸다. 가 본 적 없는 시간의 나는 편안한지 또 행복한지 그런 것들이 궁금했다. 누군가를 찾아가서 묻자니 그럴 용기가 없었고, 더군다나 확신 있는 목소리며 단단한 눈빛 같은 것이 더해진 사람의 말은 더욱이 힘이 세니까, 그런 말이라면 좋은 말이든 나쁜 말이든 몽땅 믿어 버릴 것 같아서 두려웠다. 내게는 생년월일과 태어난 시, 성별을 입력하면 단번에 한 해의 운세가 뜨는 쪽이 좀 더 안심이 되었다. 1월부터 12월까지의 운세를 살피며 그 시간의 나를 그려 보는 것이 좋았다. 형통, 대길, 복록, 대통…… 그런 단어들을 중얼거리고 있으면 기분이 조금 나아지기도 했다.

한참 그런 상태였다는 걸 누구에게 털어놓았던 적은 없었는데 귀신 같이 소설가 H가 내게 카카오톡 채팅으로 보는 사주 풀이를 추천해 주었다. H는 타로 카드를 여러 종류 가지고 있었고 타로점도 곧잘 보는 편이라 종종 점을 쳐 주기도 했다. 그날도 어느 말끝엔가 운세에 대한 이야기가 나왔는데 작년에 보았던 사주 풀이와 월별 운세가 신통하게 잘 맞아 올해에도 예약을 해 두었다는 것이었다. 그래? 뭐가 그렇게 잘 맞는데……? 하고 H의 이야기를 듣다가 헤어질 때엔 채팅 주소를 공유 받았다.

저, 소개 받고 예약 문의 드립니다. 이런 메시지를 보내는 데까지 왠지 모르게 한참이 걸렸다. 나쁜 짓을 하는 것도 아닌데 여러 번 주저했다. 몇 번의 클릭으로 내가 가진 것을 입력할 때는 아무렇지 않았는데 아무래도 사람이니까, 사람이 하는 일이니까, 대화를 해야 하니까 그런가 보다 하면서 사람이 어려운 사람처럼 굴었다. 그런 고민을 하고 있는 사이에 온 답장은 너무나 친절해서 무너지듯 안도했고, 당장이라도 나의 정보를 넘겨 드리고 싶었지만 예약 날짜까지 꾹 참아야만 했다.

한 시간 남짓한 시간 동안 선생님은 나의 미래는 물론이거니와 전반적인 인생의 흐름에 대한 풀이, 성향에 대한 풀이와 함께 한 해의 종합 운세와 월별 운세 등을 섬세하게 짚어 주었다. 그 대화 안에는 내가 위안 삼았던 형통, 대길, 복록, 대통과 같은 말들은 없었지만, 누군가 나를, 나의 삶과 시간을 이렇게 세심하게 가늠해 주고 있는 것 자체가 나쁘지 않았다. 오히려 좋았다. 문제는 그때 맞아요, 맞아요 하고 열심히 맞장구를 쳤지만, 고작 2년이 지난 지금에 와서는 그날의 대화가 전혀 기억나지 않는다는 것이다. 다른 누구도 아닌 나에 대한 이야기인데도.

그럼에도 단 하나 분명히 기억하는 것이 있다면 내가 세 개의 바늘을 가지고 태어났다는 말이었다. 선생님의 이야기는 이랬다. 사람이 가진 여러 개의 살 중에 현침살이란 것이 있는데 이것이 바로 바늘이라고 했다. 왜 바늘이냐 하면 타인에게 뾰족하게 말하는 살이기 때문이라고. (여기까지 들었을 때 파노라마처럼 지난날의 과오가 떠올랐다. 내게 말로 상처받은 사람들이 있다면 미안해⋯⋯.) 사람마다 많게는 세 개에서 다섯 개까지 갖고 있는 것이 현침살인데, 이를 직업적으로 쓰면 매우 효과적으로 기능한다고 했다. 가령 언론인이나 비평가처럼. 그렇지만 꼭 말이나 언어를 중심으로 하는 직업이 아니더라도 펜이나 칼, 바늘과 같이 뾰족한 것을 도구로 쓸 수 있는 일이라면 살을 좋은 방향으로 쓰는 것이라고도 했다.

여기까지 들었을 때 내 머릿속은 세 개의 바늘로 가득 차 버렸는데 그 이유로는 첫 번째로 글을 쓰는, 그것도 비평을 하는 직업이라고 선생님께 말을 한 적이 없기 때문이었고, 두 번째로 내가 하는 일이 내가 가진 요소들과 긴밀하게 연결되어 있다는 것, 그러니까 비과학적인 탐구이지만 결과적으로는 너무나 잘 들어맞는다는 사실이 신기해서였다. 그리고 세 번째로는 바늘을 세 개나 가졌다는 사실이 엄청나게 좋았기 때문이었다.

그날 이후로도 한참이나 세 개의 바늘에 대한 생각은 계속되었다. 처음에는 바늘을 세 개나 가졌다는 사실이 기뻤다. 삼세판의 민족으로서 혼자 쓸 수 있는 바늘이 세 개나 된다는 게 좋았다. 그렇지만 이 바늘이 정말로 나의 직업과 일과 연결되어 있다면 나는 세 개의 바늘을 잘 쓰고 있는 걸까 하는 의문이 들었다. 아무리 생각해도 그런 것 같지는 않았다. 바늘 세 개를 온전히 비평에 쓰고 있다면 난 더 훌륭한 비평가여야 했다. 아무래도 비평에 쓰는 바늘은 하나 정도인 것 같다는 결론에 이르렀다. 그렇다면 나머지 두 개는?

남은 두 개의 바늘을 어디에 쓰고 있는 걸까 여러 번 고민했지만 답을 쉽게 찾을 수는 없었다. 언젠가 뭉툭해질 바늘 끝을 대비하여 둔 스페어 바늘 같은 건가 하는 생각을 했다가 곧 도리도리 고개를 저었다. 어쩌면 바늘은 이미 제 역할을 하고 있는지도 몰랐다. 어젯밤 서운한 기색으로 통화를 마친 엄마에게, 업무 중 똑같은 질문을 여러 번 하는 전화 통화 속 상대에게 향한 뾰족한 말들이 그 바늘일지 몰랐다. 그렇지만 그런 건 바늘 탓을 해서는 안 되는 것이니까. 스스로의 날선 부분을 다듬으며 나머지 바늘은 어디론가 가 있겠거니, 언젠가는 제 쓰임을 하겠거니 하고 마음을 다스렸다.

놀랍게도 두 개의 바늘을 찾은 건 일상의 한 부분에서였다. 그것은 내가 가장 먼저 쓰임을 깨달았던 한 개의 바늘과 거의 함께 움직이고 있었다. 원고 작업을 할 때면 어느 때는 내가 생각했던 방향대로 혹은 의도치는 않았으나 훨씬 더 좋은 방향으로 술술 잘 풀려 초고까지 금방 닿기도 하지만 그런 일은 매우 드물다. 대부분의 경우에는 한참 대상 텍스트를 들여다보고, 이런저런 자료를 찾아보고, 생각에 생각을 하다⋯⋯ 뜨개와 자수를 한다.

쓰고 있던 글이 같은 자리를 맴돌거나 생각이 더뎌지면 나는 어김없이 바늘을 집어 든다. 실이 걸린 바늘 끝에 집중해서 한 땀 한 땀 편물을 이어 가고 있으면 소란스러웠던 마음이 금세 차분해졌다. 복잡했던 머릿속도 마찬가지다. 걷어 내야 할 것들이 너무 많아서 생긴 생각 체증이 점차 풀리기 시작한다. 꼬임 없이 손을 따라오는 실처럼.

내가 가진 바늘이 비평과 뜨개와 자수에 쓰이고 있다는 사실이 좋다. 비평과 뜨개와 자수는 지금 가장 열심히 내 삶을 굴리고 있는 것들이기도 하니까. 무엇보다 그것이 전부 손으로 하는 일이라서 좋다. 부지런히 손을 놀린 후에야 얻는 한 편의 글과, 한 짝의 양말과, 하나의 소품이 좋다. 나를 움직이게 하는 이 세 개의 바늘은 손에 꼭 쥐고 난 것이라 영영 잃어버리지 않을 것 같지만, 그럼에도 만일 셋 중 어느 것이든 바늘의 일이 시들해진다면, 그래서 하나의 바늘만 남게 된다면, 그것은 비평이었으면 좋겠다고 생각한다. 아마도 그럴 것이라고도. 그동안 만든 색색의 양말과 옷, 손때 묻은 소품들을 곁에 두고 하나의 바늘만은 끝까지 움직이고 있는 나를 상상해 본다. 그 장면이 형통, 대길, 복록, 대통과 같은 단어들을 포함하고 있진 않겠지만 적어도 내가 바라는 안녕과 행복에 가깝다는 건 분명하다.

김연덕

시인.

시집 『재와 사랑의 미래』, 산문집 『액체 상태의 사랑』 등을 썼다.

2020년 12월 31일

　사랑에 대해, 사랑하는 대상에 대해 이야기하고 싶을 때 왜 항상 목조 건물이나 산, 거실, 미니어처 얼음 산 혹은 미니어처 얼음 계곡 등의 공간과 모형을 사용하게 되는 것인지 정확한 이유는 모르겠다. 다만 내가 목조 건물, 산 등의 이미지에 유달리 애착을 갖고 있는 것만은 분명한데, 목조 건물의 경우 서양식이라기보다 외할머니 댁이나 일본 영화 속 고택 같은, 동양식 마룻바닥과 비밀스러운 계단의 이미지를 자주 상상하며 쓰게 된다.

　내가 태어나고 자랐던 부암동의 낡은 목조 주택 역시, 요즘 쓰는 시들이 많은 부분 이미지로 기대고 있는 것 같다. 서울이고 종로였지만 산 속에 숨어 있던 그 집은 아름답다기보다 거칠고 이상스런 비밀들로 가득한 곳이었는데, 이를테면 정원에 내 키만 한 잡초가 자랐다거나 그것을 어른들 중 누구도 관리하지 않았다거나 마룻바닥의 한 부분을 열면 지하로 통하는 길이 있었다거나 하는 것들이었다. 익숙하지만 동시에 상상과 두려움의 한 부분으로 남아 있는 그 공간은, 그렇기에 사랑을 이야기하기에 가장 적합한 공간처럼 여겨진다.

　마룻바닥에 뽀얗게 일어나던 먼지와 뜨겁게 내리쬐던 한낮의 해, 해를 다 막아 내지 못하던 유리 현관문, 집에서 한눈에 내다볼 수 있던 풍광과 밖에서 들여다보이던 거실의 조용함, 가끔 집을 공사하러 오던 인부들, 묘하게 의욕이 없던 인부들의 태도 같은 것들이 떠오른다. 목조 주택을 공간으로 설정할 경우 내가 활용하고 선택할 수 있는 부분들도 많았는데, 우선 계단을 만들면 층계가 생기고 창문을 만들면 안팎이 생기므로 쓸 수 있는 여러 정황들이 있었다. 나무 계단만의 삐걱거리는 질감과 나무 마룻바닥만의 반질거리는 느낌이 주택이라는 구조 속에서 내 이름을 편안하게 해 주었다. 내 안의 자연, 집 바깥의 자연과도 연결시켜 주고 말이다.

산에 대해서는 여전히 뾰족한 이유를 잘 모르겠다. 내가 등산을 좋아하는 것도 아니고, 가족이나 가까운 친구 중에 산을 좋아하는 사람도 거의 없는데(바다를 좋아하는 사람은 흔하지만) 이상하게 시를 쓸 때 산만 생각하면 눈물이 나고, 산에 오르는 사람들 그리고 산에서 내려오지 못하는 사람들 생각을 하면 무언가 높은 곳에서 (감정과 사건의 소용돌이 혹은 꼭대기에서) 망설이고 무너지며 지워지는 얼굴들이 떠오른다. 그때의 얼굴은 어둡기도 하고 환하기도 하다. 아마 섞여 있는 것이 대부분일 것이다.

얼음을 좋아하는 것은 빛과 유리를 좋아하는 이유와 비슷하다. 얼음은, 빛이 투과하면 반짝이며 투명해지는 부분이 생기고, 그 빛이 지속되면 녹고, 추운 데 놓아 두면 다시 언다. 이런 얼음의 속성이 마음과도 비슷하게 느껴졌다.

이렇게 적고 보니 사실 목조 주택, 산, 얼음 모두 취향일 뿐이라는 생각도 든다. 목조 주택에 앉아 얼음 산을 깎으며 사랑과 사랑하는 사람에 대해 생각하기. 이런 장면을 가장 좋아하는 것 같다. 그런 장면을 생각하면 당위 없이도 다가오는 슬픔과 평화 같은 것이 있다.

＊

2020년 12월 31일, 한해의 끝에 쓴 시「놀라지 않는 이 사랑의 삶」은 '어떻게 하면 지금 내 상태를 가장 솔직하게 쓸 수 있을까. 행복의 불안. 그러나 정말 나를 격렬히 괴롭히거나 성가시게 하지는 않는 아름다운 불안에 대해 쓸 수 있을까' 하는 고민에서 시작되었다. 그간 나에게 저택과 산은 내 상실의 경험을 외치고 해부하거나 뭉치고 굴려 '버려 버리는' 식의 전초 기지 같은 곳이었다.

이번 시에서는 처음으로 내가 가장 사랑하는 이 장소에서, 더군다나 인수받은 산장에서, '저는 행복하게 잘 지내고 있습니다' 이야기하고 싶었다. 조심스레 행복을 말해도 시가 될 수 있을지 실험해 보고 싶었다.

마르그리트 뒤라스는 그녀의 마지막 저서이자, 그녀의 애인이었던 얀 안드레아와의 삶을 정리하는 에세이 『이게 다예요』에서 행복의 마비 상태를 이렇게 설명했다. "이따금 나는 아주 오래도록 텅 비어 버린 느낌이다. 내겐 신원이 없다. 그게 날 두렵게 한다 우선은. 그러고 나서 그것은 행복의 움직임으로 스쳐지난다. 그러고 나서 그것은 멎는다. 행복하다는 감정, 말하자면 얼마쯤 죽어 있는 느낌. 내가 말하고 있는 곳에 얼마쯤 내가 없는 듯한 느낌."[2]

「놀라지 않는 이 사랑의 삶」에는 외관과 시설에 문제가 없어 디자인이나 설비에 조금도 손대지 못하는 나, 그러나 공사 계획이 전혀 없던 것은 아닌 나, 그런 나를 닮아 갑작스런 침묵이 어렵고 어색해도 애써 일하지 않는 시공업자들, 그러나 그 안에서 느껴지는 편안함, 더 이상 확장되거나 날아가지 못하고 나에게 갇혀 서서히 늙어 가는 이야기, 노령의 사랑에 대한 시다. 그러니까 누군가와 사랑에 빠져 얼마쯤 거기서 죽어 있는 느낌을 겪고 있는 나 자신에 관한 시다. 사랑에 빠진 나는 이 온전한 행복이 믿기지 않고, 때때로 무궁무진했을 모험들을 포기한 기분도 들지만, 사실은 이 사랑의 상태가 좋다.

2 마르그리트 뒤라스, 고종석 옮김, 『이게 다예요』, 문학동네, 2009.

2022년 2월 3일

우여곡절 끝에 나온 나의 첫 시집은 가운데가 조금 그을린, 그러나 나머지 부분은 모두 눈부시게 흰 옷을 입게 되었다. 재 같은, 사랑 같은, 눈발에 드리워진 나무나 건물의 그림자 같은. 광활하면서 텅 빈 느낌을 주는 이 표지를 나는 오래 기다려 왔고, 기다렸던 마음이 여태껏 뜨거운 미래 시제로 남은 탓인지, 모든 색의 온도나 감정을 반사하는 빛깔이기 때문인지 책상에 앉아 이것의 모서리나 책등을 만져 보아도 계속해 이 흰 빛을 기다리고 있는 기분이 된다. 책꽂이에 꽂아 두어도 평평한 어딘가에 무심히 올려 두어도, 희고 매끈한 표지를 눈으로 따라갈 때면 가장 차가운 나무나 광물질들의 삶이, 외로운 현재가 느껴진다. 눈밭에 묻혀 이동 방향조차 가늠할 수 없는 빛. 태양, 티나지 않게 그러나 분명하게 찍히는 동식물의 발자국, 뒤따르는 소리없는 어둠들이 마구 엉킨 채 잠들어 있는 것만 같다.

시집 계약에 관한 전화를 받았던 2020년 초. 흰 빛과도 같았던 그날의 새벽이 종종 떠오른다. 쉽사리 잠에 들지 못했던 나는 짧은 일기를 썼다.

4시. 5시. 6시. 7시. 8시.

잠을 심하게 설쳐 한 시간 단위로 깼다.

어쨌든 지나간 오전을 재구성해 쓰는 것이기에 이런 식으로 이야기할 수밖에 없겠지만, 나는 내가 처음 시를 쓸 때부터 오랜 시간 기다려온 무언가, 두렵고 아름다운 무언갈 받아들일 준비가 된 사람의 자세로 침대 맡에 앉았던 것 같다.

전화를 받고 마음 속에 바람이 불었다. 웃음이 났다.

그늘진 언덕에서 잠드는 것처럼 평화롭고 몸이 추웠다.

위는 남아 있는 일기의 일부다. 우습거나 건방지다고 볼 수도 있겠지만, 어디에서도 계약 이야기가 없어 묵묵히 원고만 모으고 있던 시기에도 나는 그리던 첫 시집의 모양이 확고했고, 연락을 준 출판사가 바로 그것을 실현해 줄 곳이었기에 배로 행복하고 놀라고 두려웠던 것 같다. 시집에 묶인 첫 시부터 마지막 시까지, 나는 오로지 흰 기운으로만 가득한 표지를 상상하며 썼다. 다음 행이나 행갈이가 뜻대로 되지 않으면, 개개의 버석거리는 시편들로 무엇을 할 수 있을까 막막해질 때면 아무도 약속해 주지 않은 나만의 표지를 떠올렸다. 순서를 정하거나 부를 나눌 때도 마찬가지였다. 눈에 보이지는 않았지만 흰색이라는 투명한 수수께끼의 열기와 나의 긴 시들은 단단하게 등을 맞대고 있었고, 나 자신조차도 그들을 둘로 나눌 수 없었다. 그리고 사랑처럼 나를 영원히 거느리고 있는 그 사실이 좋았다. 책의 모양 특히 책의 색과 내용은 긴밀하게 연결되어 있고, 그것이 아니면 안 되는 색 역시 어두운 운명처럼 어느정도 결정되어 있으며, 확신을 갖고 이 부름에 응답하는 것이 생각보다 훨씬 중요하다는 믿음에 대해서는 지금도 변함이 없다.

시집에 관해 논의하기 위해 나갔던 편집자들과의 첫 미팅에서, 나는 이미 염두에 둔 색이 있다고 했다.

흰색, 저는 흰색으로 할게요.

처음 구상했던 흰색은, 표지의 원과 네모를 실선으로 처리해 겨울 수영장 도면처럼 비어 있는 하양을 만드는 것이었다. 엉성하고 추위 보이는 버전이지만, 최대한 단순한 선과 면으로 이루어진 흰색을 오래 원해 왔고 다른 식으로, 특히 명암으로 흰색을 구현할 수 있으리라고는 생각지 못했기 때문에. 전에 쓰던 노트북에는 내가 대강 만들어 보았던 그 표지가 디지털 유물같이 남아 있다.

그림자를 얹힌 입체적인 흰색으로 지금의 시집이 태어날 수 있었던 데에는, 내 소중한 친구이자 동료인 이수희 작가의 공이 크다. 그녀가 없었다면 흰색 시집이 세상에 나오는 것 자체가 불가능했을지 모른다. 원고가 모두 정리되어 제목과 발문이 정해지고 교정도 막바지 상태에 이르렀던 12월, 내가 요청했던 실선의 흰색 시집은 미술부에게 한차례 반려당한 상태였다. 시리즈의 통일성을 고려했을 때 흰 시집이 나온 적 없기도 하고, 실선으로 인쇄되어 서점에 놓일 경우 잘못 나온 책으로 오해받을 수 있다는 이유에서였다. 미술부에서는 하늘색, 진한 하늘색, 비둘기색 세 가지 시안을 보내 주었고, 그것들도 충분히 납득되는 아름다운 색이었지만 나는 이미 흰색이 아닌 내 책을 상상하기 어려웠다. 그래서 미술부에 흰색이어야만 하는 이유가 담긴 세세한 편지를 보냈고, 떨리는 마음으로 답을 기다리던 중이었다.

결국 수희 작가와 함께하는 팟캐스트 녹음이 있던 금요일, 이전부터 내 시집이 진행되어 가는 과정을 관심 있게 들어주고 물어봐 주던 수희 작가에게 이 고민을 털어놓았다. 왜 미술부에서 반대하는지도 알겠네, 웃으며 고개를 끄덕이던 그녀는 곰곰 생각하더니 가방에서 아이패드를 꺼냈다. 한순간 시집과 시집 가운데 검고 흐린 그림자를 그린 수희 작가가 내게 패드를 내밀었다. 연덕, 이 그림자 버전으로 제안해 보는 건 어때요.

시집이 나오고 이 책이 정말 회구나 실감했던 순간은, 서명 작업을 위해 산더미처럼 놓여진 시집들 사이로 걸어 들어갔을 때였다. 높이 쌓인 『재와 사랑의 미래』들 사이에 있으니 편집부 세영 씨는 내가 꼭 눈 속에 파묻힌 것 같다고 했다. 눈더미들 사이에 앉아 있는 것 같다고. 그러고 보니 정말 눈 쌓인 아침 거리를 나설 때 눈이 부시듯 눈이 부셨고, 순간 마음이 무척 차분해졌는데도 눈물이 날 것 같았다. 미래의 내가 끊임없이 원하던 멀고 흰 곳에 이렇게 도착했구나. 설명할 수 없는 이상한 확신 속에서 조금씩 내딛었던 곳, 뒹굴고 더럽혀도 더러워지지 않는 무한한 곳에. 서명하다 말고 자꾸 표지를 들여다보게 되었다.

손바닥으로 쓸어 보아도 차가운지 따뜻한지 알 수 없는, 살아 있는 빛이나 그림자가 내려앉아도 어색하지 않은 색, 거칠고 가볍고 조용한 존재들을 위한 색, 미지의 색, 타고 남은 재와 사랑의 색.

몇 달이 빠르게 흘렀고, 첫 시집과 관련해 특별하게 기억에 남는 반응이 있냐는 질문에 나는 인터넷에서 시집 사진들을 발견할 때마다 시선을 멈추게 된다고 했다. 주변의 온도나 색에 취약하고 영향을 많이 받는 책 같다고, 희기 때문에 어떤 배경과 자연광과 조명 아래 있느냐에 따라 완전히 다른 책이 되는 것 같다고, 시집이 놓인 내 책상을 떠나 서서히 멀어지고 잊혀지다가 각자의 자리로 눈송이처럼 착지하는 언어의 상징 같아 좋다고.

글의 서두에, 흰 시집을 실물로 만지게 되었음에도 불구하고 나는 여전히 표지의 흰 빛을 기다리는 기분이라고 썼다. 앞이 보이지 않을 만큼 거대한 눈발을 헤치며 무언가를 위해 계속해 나아가는 사람을, 그의 바보같은 사랑을, 추위를, 타 버린 흰색을 상상하며 만든 나의 첫 책. 할머니가 되어 이 책을 다시 집어 들더라도 책은 또 저만큼 앞에 가 있을 것이다. 어떤 마음이 언어들을 흰 빛으로 이끌었는지 여전히 궁금해할 것이다. 흐린 네모 아래, 겹겹의 눈밭 사이로 이해할 수 없는 빛이 흐르고 있을 것이고 그것을 때로는 슬프게 때로는 기쁘게 따라가 볼 것이다.

정용준

소설가.
소설집 『가나』 『우리는 혈육이 아니냐』 『선릉 산책』, 장편소설 『바벨』 『프롬 토니오』 『내가 말하고 있잖아』, 중편소설 『유령』 『세계의 호수』, 산문집 『소설 만세』 등을 썼다.

노력에 관한 몇 가지 생각

1 쓰고 싶다는 마음

소설을 쓰기 위해서는 많은 경험을 해야 한다. 다양한 에피소드와 독특한 소재, 자신만의 주제가 있어야 한다. 맞는 말이다. 하지만 경험과 에피소드가 창작에 도움이 되려면 먼저 소설을 쓰고 싶은 마음이 있어야 한다. 말장난 같겠지만 소설을 쓰려면 먼저 소설을 쓰고 싶어 해야 하기 때문이다.

오지를 탐험하고 세계를 일주하는 모험가라 할지라도, 많은 아르바이트를 통해 다양한 직업의 세계를 알고 있다 할지라도, 온갖 풍파와 사건 사고를 겪으면서 '내 인생이 곧 영화와 드라마다!'인 인생을 살았다 할지라도, 쓰지 않으면 그것은 소설이 되지 않는다. 소설을 쓰고 싶은 이에게 그런 경험은 그 자체로 자산이 된다.

그러나 숱한 경험이 소설을 쓰기 위한 필요조건은 아니다. 드라마틱한 경험 없이 비교적 평범하고 평이한 삶을 살았다 할지라도 쓰고 싶은 마음만 있다면 소설을 쓸 수 있다. 벤치에 앉아 있으면 벤치에 앉은 인물에 대해서 쓰고 산책을 하면 산책을 하는 인물과 마음에 대해 소설을 쓴다.

소설을 쓰기 위해 혹은 잘 쓰기 위해 어떤 노력을 하고 싶다면 다른 무엇보다 '쓰고 싶다'는 마음이 사라지지 않도록 해야 한다. 마음과 욕망은 꺼지지 않는 불꽃이 아니다. 가만히 두면 언젠가는 사라지는 평범한 불이다.

「하울의 움직이는 성」에서 하울의 성을 움직이는 엔진은 불꽃 악마 캘시퍼. 캘시퍼는 잿더미 속 작은 화로 속에 숨어 계란 프라이를 요리해 주는 가정적인 불꽃처럼 보이지만 마음먹고 무럭무럭 자라나면 엄청난 에너지를 발휘한다. 성을 움직이게 하고 다른 세계로 이동하게도 한다. 불은 커지면 뜨겁고 모든 것을 태울 수 있는 강한 에너지다. 하지만 줄어들고 작아지면 한없이 약한 한 스푼의 온기일 뿐이다. 그것은 바람에도 꺼지고 더 이상 태울 것이 없어도 꺼진다.

때문에 불을 잘 관리해야 한다. 불이 옮겨 갈 수 있는 땔감을 제공해 줘야 하고 타고 남은 재를 주기적으로 치워야 한다. 큰 바람이 들어오지 않도록 가림막을 만들어 줘야 하고 산소가 완전히 차단되지 않도록 공기도 신경 써야 한다.

내버려두면 마음은 사라진다. 아무리 소중하고 중요하고 내게 의미가 있다고 하더라도 그냥 두면 약해지고 작아지며 결국 소멸되고 만다. 좋아하는 마음, 열정, 흥미, 다 똑같다. 계속 좋아하고 싶으면 노력해야 한다. 줄어들지 않도록 사라지지 않도록 애를 써야 한다. 계속 좋은 책을 읽어야 한다. '문학은 좋은 것이구나.' '아름답고 멋진 것이구나.' '이런 걸 느끼려고 내가 소설을 읽는 거였어.' 이런 마음이 계속 있어야 한다. 좋은 문장을 읽고 문장을 휘감고 있는 매력을 발견하고 주기적으로 감탄도 할 수 있어야 한다. 내가 쓰고자 하는 문장과 만들고자 하는 이야기가 공산품 같은 것이 아니라는 믿음이 필요하다.

쓰기 역시 그렇다. 써지지 않는다고 계속 안 쓰면 곤란하다. 글은 원래 잘 안 써진다. 처음부터 잘 써졌던 날이 있던가. 쓰다 보면 잘 써지기도 하고 이런저런 문장 쓰다 보면 막혔던 것도 풀리고 새로운 생각도 떠오르는 거지. 당장 대회가 없어도 매일매일 기본적인 훈련을 하고 정해진 루틴을 따르는 운동선수처럼 쓰고 싶은 사람과 읽고 싶은 사람은 계속 읽고 계속 쓰기 위해서라도 '읽기'와 '쓰기'라는 행동을 멈춰서는 안 된다. 태어날 때부터 문학을 좋아하는 사람은 없다. 본능과 유전자 속에 소설 쓰는 DNA를 지니고 태어나는 사람 역시 없다. 쓰는 운명이란 것도 없다. 이것이 운명이었다고 말할 수 있는 사람은 그렇게 말하기 위해 평생을 열심히 읽고 열심히 쓰면서 자신의 마음을 잘 관리한 결과가 아닐까.

2 기질 존중

도대체 소설은 어떤 사람이 쓰는 걸까? 소설가에 대해서라면 막연한 환상 혹은 편견이 존재한다. 골방에 틀어박혀 세상과 담을 쌓고 하루 종일 소설만 쓰는 외골수를 상상하는 것이다. 허름한 트레이닝복 차림에 정돈되지 않은 헤어스타일, 커다란 뿔테 안경을 쓰고 담배를 피우며 깊은 고민에 빠져 있는 모습을 그리곤 한다. 소설가들은 어딘지 모르게 우울하고 괴팍하며 사회성이 부족해 사람들과 어울려 지내는 것을 꺼리거나 어려워한다고 생각한다.

그건 편견일 수도 있고 사실일 수도 있다. 어떤 소설가는 분명히 그런 모습과 태도로 소설을 쓰는 삶을 살지도 모른다. 하지만 대부분의 소설가는 평범한 일상 속에서 평범한 모습으로 산다. 많은 소설가는 생계를 위해 소설 외에 경제 활동을 겸하고 있기 때문에 표면적으로만 보면 그가 소설을 쓰는 사람인지 모를 수도 있다. 독특한 외양이나 삶의 방식은 소설가의 특징과 기질과는 거리가 멀다.

존 가드너는 『장편소설가 되기』에서 이야기꾼이 지닌 지성의 특질을 다음과 같이 설명했다.

위트(엉뚱한 것들을 연관 지으려 드는 경향), 고집스럽고 막 나가는 성벽(모든 상식적인 사람들이 맞는다고 여기는 것을 믿기 거부하기), 어른답지 못한 성향(집중력과 진지한 삶의 목표가 턱없이 부족한 점, 공상과 무의미한 거짓말 일삼기, 적당한 존중심의 결여, 짓궂음, 별일 아닌 일에 툭하면 울어 대기), 뚜렷한 구강기나 항문기 고착 증세 또는 양쪽 모두(구강기 고착증은 과식, 과음, 지나친 흡연, 끊임없는 수다로 나타나고, 항문기 고착증은 결벽증과 음담패설에 대한 괴상한 집착이 합해진 형태로 나타난다), 놀라운 직관적 기억력 또는 시각적 기억력(초기 청소년기와 정신 지체의 일반적인 특징), 부끄러운 줄 모르는 장난기와 당혹스러운 진지함의 기이한 뒤섞임, 비이성적으로 심하게 종교적이거나 반종교적이어서 회유되는 당혹스러운 진지함, 고양이와 같은 참을성, 지나치게 약삭빠른 구석, 심리적 불안정함, 무모하고 충동적이고 경솔한 성격, 그리고 마지막으로 글이든 말이든 멋지거나 시원찮거나 이야기라면 사족을 못 쓰는 불가해하고 구제 불능의 탐닉벽.[3]

소설을 쓰려는 사람은 사회적으로 보여지는 표면적 모습을 고민할 것이 아니라 내면과 감정과 기질 속에 숨어 있는 자신의 기질과 개성을 살펴볼 필요가 있다. 사회적이고 윤리적인 기준으로 보면 미성숙하고 기이하다고 평가할 수 있는 요소들이 소설을 쓰는 사람에게는 중요한 기질로 작용할 수 있기 때문이다.

소설가는 세상과 인간에 대해 편협한 생각을 갖지 않고 어떤 특정한 가치와 윤리에 의해 세계를 판단하지 않아야 한다. 모든 것엔 다 사정이 있으며 사람들은 저마다 삶의 양식과 추구하는 바가 다르다. 인간에게는 외면과 내면이 있다. 비밀 없는 사람은 없고 욕망과 욕구가 없는 사람도 없다. 세상에 널리 알려진 개념과 합의된 의견들은 그 자체로 존중받아야 하지만 속사정을 살펴보면 밝

3   존가드너저, 임선근역, 『장편소설가되기』(걷는책, 2018), 87~88쪽.

혀지지 않고 은폐된 수많은 이야기가 도사리고 있다. 이야기를 만들고 창조하는 자들은 세계와 인간에게서 언제나 새로움을 발견할 수 있어야 하고 그것을 바탕으로 창의적인 이야기를 생각하고 만들어 낼 수 있어야 한다.

그러기 위해 고정된 것이나 절대적인 것은 존재하지 않는다는 생각과 섣부른 판단을 내리지 않는 태도가 중요하다. 또한 작가는 자기 자신에 대해서도 같은 마음을 품어야 한다. 스스로에 대한 편견을 배격해야 하며 한계나 근거 없는 자의식 과잉에 취하지 않아야 한다. 그리고 무엇보다 자기 자신을 낯선 존재로 바라볼 수 있어야 한다. 때로는 잘 모르는 사람에게 하듯 기다려 주거나 아무것도 미리 판단하지 않으려는 태도도 필요하다.

어떤 사람이 소설을 쓰는가? 내면에 무엇인가 가득한 사람이 소설을 쓴다. 다른 사람이라면 고민조차 하지 않았을 생각들을 하며 세상을 보는 사람이 소설을 쓴다. 세계와 현상에 대한 의문과 질문을 품고 어느 것 하나 사소하고 일반적인 것으로 바라보지 않으며, 그렇게 바라볼 수 없는 사람이 소설을 쓴다. 그런 기질 속에는 엉뚱함과 고집이 있고, 의심하는 눈과 현상에 대한 회의감을 품고 있다.

겉보기에 집중력이 부족하고 항상 자신만의 세계에 빠져 있는 것처럼 보일 수도 있다. 어른답지 못하고 미성숙한 모습을 보이기도 하고, 감정적이거나 한없이 감상적이기도 하다. 자신의 욕망과 욕구에 충실하거나 반대로 욕망과 욕구에 지나치게 엄격한 모습을 보일 때도 있다. 이성적인 능력이 뛰어나지만 동시에 비이성적일 때도 있다. 과학과 논리의 질서 속에서도 직관과 환상으로 세계를 바라보기도 한다. 사람들은 그런 모습을 보며 괴짜라고 하거나 사차원이라고 부르기도 한다. 광기에 사로잡힌 예술가로 생각하기도 하지만 동시에 삶과 세계에 무책임한 비사회적인 구제 불능으로 여기기도 한다. 하지만 적어도 작가는 자신의 그런 기질이 이야기를 만들고 허구의 세계와 인물을 창조하는 이야기꾼의 근간이라고 생각할 수 있어야 한다.

소설을 쓸 때 글쓰기를 방해하는 가장 큰 적은 가족도 아니고 친구도 아니다. 바로 자기 자신이다.

3 용기와 용감

소설가가 그다음 소설을 쓸 수 없는 이유는 무엇일까? 더 이상 새로운 아이디어가 떠오르지 않아서일까? 소설로 쓸 만한 소재가 없기 때문일까? 갑자기 마음속에서 소설 쓰기에 대한 욕망과 소원이 사라져서일까? 아니다. 대부분 그다음 소설을 쓰지 못하는 것은 순전히 두려움 때문이다.

소설을 쓰는 과정 중에 무언가 쉽지 않다는 것을 깨달았고, 내 의도가 소설 속에 자연스럽게 녹아들지 않는다는 것도 알았다. 작가인 내게는 괜찮게 보이는 것들이, 아무 이상을 느끼지 못했던 전개와 표현들이, 제삼자의 눈에는 이상해 보이고 서툴러 보인다는 것을 알고 충격을 받았다.

오직 나만의 생각과 아이디어로 가득한 자신의 소설을 읽고 독자들은 말한다. 어디에서 본 것 같다. 뻔하다. 형상화가 잘 된 것 같지 않다. 재미가 없다. 큰 매력을 느끼지 못했다. 솔직한 감상이고 도움이 되는 피드백일지라도 소설가에게는 모두 상처로 남는 말이다.

다음 소설을 쓰고 싶은 마음은 있다. 소설이 되기를 기다리는 많은 소재와 이야기가 있다. 하지만 몰랐을 때는 아무렇지 않았는데 그런 것들을 알고 나니 소설을 쓸 마음이 생기지 않는다. 한 줄을 쓰고 한 장면을 만드는 것이 자꾸 주저된다.

계속 쓰기 위해서는 처음 소설을 쓸 때와는 다른 마음가짐이 필요하다. 더 많이 고민해야 하고 글을 잘 쓰기 위한 다양한 노력도 해야 한다. 무엇을 쓸지, 어떻게 쓸지, 어떤 표현과 어떤 장면과 어떤 이야기를 만들지 구체적으로 생각하고 고민해야 한다.

하지만 그보다 더 중요한 게 있다. 바로 용기를 내는 것이다. 두려움을 이겨 내고 주저함을 떨쳐 내고 첫 문장을 써야 한다. 처음부터 잘 쓰는 작가는 없다. 시간과 경험이 누적될수록 실력이 향상되는 것처럼 글도 쓰면 쓸수록 시간을 들이면 들일수록 더 나아진다.

시작하는 사람은 자신의 소설을 기성 작가들의 완성된 소설과 나란히 두고 미리 절망할 필요가 없다. 시간과 역사를 이겨 내고 살아남은 완성도 높은 고전들과 비교해서 자신을 깎아내릴 필요가 없다. 소설을 쓰면 소설가가 된다. 더 나은 소설을 쓰면 더 나은 소설가가 되는 것뿐이다. 두려움이 커지면 자신을 비하하고 끊임없이 다른 사람들과 다른 작품들을 자신과 비교한다. 재능이 없다고 생각하며 자신의 인생은 작가의 길과는 무관한 운명이라고 여긴다. 더 이상 소설을 쓸 수 없다고 스스로를 합리화한다.

사실 글쓰기에 특별한 재능은 없다. 만약 재능이란 게 있다면 그건 누구에게나 있고 누구나 발전시킬 수 있는 종류의 일반적인 능력일 것이다. 많은 사람이 믿고 예상하는 것처럼 재능은 소설가가 되는 데 필수적인 요건도 아닐 뿐더러 막상 소설을 써 보면 크게 도움도 안 된다. 언어 감각이 좋고 신기한 이야기를 만들어 내는 많은 소설가 지망생들이 있긴 하지만 그런 능력을 갖추었기 때문에 소설가가 되는 것은 아니다. 도리어 특별한 표현법이나 특이한 상상력을 갖고 있지는 않지만 평범한 이야기와 일상의 문제들을 한 편씩 꾸준히 써 내는 소설가 지망생이 마침내 자신의 소설책을 출간하는 경우가 많다.

물론 소설가에게 필요한 재능이 있긴 있다. 하지만 그것은 하늘이 주는 재능은 아니다. 계속 쓰려는 마음과 그 마음을 지켜 내는 능력과 그 능력에 의지해 소설 쓰기에 적극적으로 뛰어들고 여러 어려움과 실패의 두려움을 이겨 내면서 계속 소설을 써 나가는 행동력, 그것이 바로 재능이다.

용기를 내는 작가가 되자. 용감하게 쓰지.

고속버스와 기차와 지하철에서 읽고 쓰기

당연한 말이지만(어떤 작가에게는 당연한 말이 아니겠지만) 소설은 생활을 책임져 주지 않는다. 일일이 계산하고 슬픈 통계를 언급하고 싶지 않지만 아무리 열심히 소설을 써도 소설만 써서 생계를 이어 나가는 건 매우 어려운 일이다.

내 인생에서 가장 열심히 소설을 썼던 시기는 첫 번째 소설집을 묶기 전 2010년이었다. 계절마다 단편을 발표했다. 그러니까 1년에 네 편 혹은 다섯 편의 단편소설을 쓴 셈이다. 그게 뭐 어렵나, 싶겠지만 소설을 빨리 써 내지 못하는 나로서는 1년 내내 소설만 썼다. 그때의 난 직업도 없고 아이도 없었다. 산문도 쓰지 않고 강의도 한 적 없다.(연락이 왔으면 했을 텐데.) 그러니까 그 해에는 오직 소설만 쓰며 살았던 거다. 그때는 별 생각이 없었는데 지금 생각해 보면 너무 좋았던 1년이었다. 앞으로도 그렇게 소설만 쓰고 생각한 날은 없을 테니까.

열심히 산 것과 별개로 나는 소득이 거의 없었다. 대출 상담을 받은 적이 있다. 월세가 부담되어 빚을 져서라도 전세를 얻어야겠다고 생각했다. 그땐 몰랐다. 벌이가 없으면 대출이 안 된다는 것을. (벌이가 없고 돈이 없어 대출을 하려는 것인데 벌이가 없고 돈이 없으니 대출이 안 된다는 것이 지금도 이해는 안 된다.) 대출 담당 직원은 연간 소득을 증빙할 서류를 떼 오라고 했다. 연간 소득만큼 대출을 해 주겠다 했고 소득을 보고 액수가 정해지는데 최소 천만 원 정도는 해 줄 수 있을 것 같다고 했다. 난생 처음으로 세무서에 갔고 연간 소득을 확인해 봤다. 410만원이었다. 소설가로 가장 열심히 소설을 썼던 시절 소설이 내게 준 돈은 계절마다 100만원 남짓이었다. 대출은 받지 못했다.

몇 해 뒤 아이가 태어났다. 이제는 아이를 키울 수 있는 열심을 내야 했다. 때마침 대학에서 소설 창작 강의 제안이 왔다. 만약 소설이 내 생활을 안정적으로 보장해 줬다면 나는 절대로 강의를 하지 않았을 것이다.

말하는 일. 사람들 앞에서 말하는 일. 세상에서 가장 자신 없는 일 중 하나다. 피할 수 있다면 평생 동안 피해 왔던 상황인데 그것을 일로 해야 하다니. 막막하고 답답했다. 하지만 용기를 냈다.

처음에는 노트에 모든 멘트를 적고 거의 외울 정도로 읽고 또 읽고 수업에 들어갔다. 그래서 수업 전날에는 거의 잠도 못 잤다. 다른 학교에서도 강의가 들어왔다. 또 다른 학교에서도 강의가 들어왔다. 강의를 하기 위해 서울에 가고 광주에 가고 전주도 가고 안산도 갔다. 고속버스를 탔고 기차를 탔고 지하철을 탔고 시내버스를 탔다. 지금 생각하면 어떻게 그럴 수 있었을까, 싶을 정도로 그 시절에는 일주일 내내 이동하고 강의하고 이동하고 강의했다.

문제가 생겼다. 더 이상 읽을 시간도 쓸 시간도 없었던 것이다. 이런 딜레마가 있나. 소설을 써야 했고 생활을 할 돈이 필요했다. 소설을 쓰려니 생활이 막막했고 생활을 하려니 소설 쓸 시간이 없었다. 잠을 줄이고 또 줄여도 소설은 써지지 않았다. 너무 피곤해서 단순한 문장 한 줄 쓸 수 없었다. 눈은 뜨고 있지만 뇌는 잠들어 있는 날들. 방법을 찾아보려 애를 썼지만 뾰족한 방법은 없었다. 틈날 때마다 읽고 시간이 비면 쓰는 수밖에.

고속버스에서의 세 시간 반. 기차에서의 세 시간. 지하철에서 한 시간.(자리를 잡는다는 전제 하에.) 그 시간을 이용하는 수밖에 없었다. 버스에서 소설을 읽거나 초고를 썼다. 기차에서는 인쇄한 원고를 읽으며 퇴고를 했다. 지하철에서는 단편이나 시집을 읽기에 좋다. 집중이 안 되면 영화를 봤다. 처음엔 어지럽고 속이 울렁거리고 두통이 생기고 눈이 감겼지만 한 학기 두 학기 1년 2년 반복하다 보니 익숙해졌다. 잘 써졌고 잘 읽혔다. 나중에는 카페나 조용한 책상에 앉아 있을 때보다 읽기와 쓰기가 잘 되는 지경에 이르렀다.

돌이켜 보면 나로서는 어쩔 수 없었지만 그 시절엔 소설에 온전히 집중할 수 없었다. 토막 난 시간을 겨우 이어 붙여 쓸 시간과 읽을 시간을 마련해야 했다. 순도 높은 양질의 시간. 더 집중할 수 있는 환경을 만들어 줘야 했는데 나는 너무 분주했다. 괜히 소설에게 미안하고 또 미안하다. 후회되고 괜히 아쉬운 날들. 어리석은 가정법. 내가 나를 조금 덜 바쁘게 사용했다면, 먹고 사는 문제를 조금 내려놓을 수 있었다면, 여기저기 돌아다니지 않았다면, 내 글이 더 좋아지지 않았을까. 그러나 인생에 만약은 없다. 돌아가도 나는 그렇게 살았을 거다.

좋아하면 어떻게든 그 곁을 서성이게 된다. 애착이 있다면 무슨 수를 써서라도 그것을 움켜쥐려고 한다. 이성은 내 마음과 열망을 돕지 않는다. 이성은 글을 쓰지 못하는 이유를 알려 주고 때문에 글을 쓰지 못하는 것을 합리적으로 받아들이게 한다. 어쩔 수 없다. 그럴 수밖에 없다. 너는 최선을 다했다. 그렇게까지 할 필요가 뭐 있냐. 그동안 애 썼다. 아무래도 내 머리는 내가 글을 쓰며 시달리고 스트레스 받고 축 처져 있는 것이 마음에 들지 않는 것 같다. 마음 편하게 많이 자고 푹 자고 긴장 없이 편하게 지내길 원하는 것 같다.

글을 쓰면 안 되는 이유는 너무너무 많은데 글을 써야 하는 이유를 찾는 것은 언제나 쉽지 않았다. 그러니까 글쓰기에 대한 고민은 별로 도움이 안 된다. 방해만 될 뿐이다. 마음이 있다면 그것에 사랑이 있다면 읽거나 쓸 것이다. 어떻게든 읽기를 향해 쓰기를 향해 나아가려고 애를 쓸 것이다.

그러니까 너무 많이 고민하지 말자. 똑똑한 이성과 논리에 내 마음을 맡기지 말자. 상황이 어렵다. 시간이 없다. 재능이 없다. 반응이 안 좋다. 전망이 어둡다. 끊임없이 말하는 똑똑한 머리는 내 마음을 잘 모르거나 모르고 싶어 할 테니.

강지혜

시인.

시집 『내가 훔친 기적』『이건 우리만의 비밀이지?』, 산문집 『오늘의 섬을
시작합니다』『우리는 서로에게 아름답고 잔인하지』(공저) 등을 썼다.

처음 쓰는 마음에 대해

　나는 왜 시를 쓰는 걸까. 왜 시가 아니면 안 될까. 대학에 다닐 때는 소설도 썼다. 학교 주최의 문학상에서는 소설로 대상을 받기도 했었다. 반면 시는 가작에 그쳤었지. 내가 시에 재능이 있다고 생각한 적은 없었다. 어릴 때는 그림 그리는 걸 좋아했고 사진 찍는 것도 좋아했다. 그 때문인가 만화를 정말 많이 읽었다. 만화라면 장르를 불문하고 다양하게 섭렵했다. 도라에몽, 궁, 몬스터, 비타민, 언플러그드 보이, 드래곤볼, 소용돌이, 피치걸……. (이 만화 목록을 다 알고 있다면 당신은 나랑 동년배!) 당연히 만화가가 되고 싶었다. 이 '당연히'라는 것이 본인이 즐기는 창작물에 대해 창작자가 되고 싶다는 욕망이라는 것, 그런 욕망이 누구에게나 있지 않다는 걸 알게 된 건 먼 훗날의 일이다.

　좋은 만화를 보면 만화가가 되고 싶었고 좋은 영화를 보면 감독이 되고 싶었다. 내 욕망은 주로 그걸 만드는 사람 쪽에 있었다. 내가 가진 욕망에 대해 좀 더 일찍 들여다봤으면 어땠을까 싶다. 글을 써서 돈을 버는 사람이 되고 나서부터 예술학교에 다닌 친구들에 대한 존경심을 갖게 되었다. 어떻게 그렇게 어린 나이에 자신이 하고자 하는 걸, 좋아하는 걸, 분명히 알 수 있었을까. 어떤 사람은 평생을 살아도 자기가 진짜 하고 싶은 걸 찾지 못하기도 한다는데. 자신의 욕망을 분명히 안다는 것, 그걸 평생의 업으로 삼겠다고 결정하는 것, 그 자체로 재능이 아닐까.

나는 그러지 못했다. 정말 우연한 계기로 문예창작학과에 입학했다. 고등학교 때는 컴퓨터디자인과에 재학하면서 미술을 했다. 자연스레 미대 입시를 준비했는데 가정 형편상 미대 입시 준비를 끝까지 감당할 수가 없었다. 대입을 몇 개월 앞두고 미대 입시를 포기했다. 붕 뜬 상태로 만화책을 읽으며 지냈다. 천계영 작가의 『오디션』을 읽고 있었는데, 거기에 나온 "지지지불여호지자요, 호지지불여락지자라."라는 말이 너무 좋았다. 그 말을 교과서며 달력이며 다이어리에 잔뜩 써 놓았었는데 어느 날 국어 수업 시간에 그걸 본 선생님이 내게 물었다.

"너 이게 무슨 말인 줄은 알고 써 놓은 거지?"

"아, 당연하죠. 아는 사람은 좋아하는 사람만 못하고 좋아하는 사람은 즐기는 사람만 못하다."

"누가 한 말이야?"

"아 진짜, 선생님! 청학동 댕기즈요."

어이없는 표정으로 나를 쳐다보던 선생님이 내가 교내 백일장에서 수상했던 걸 상기시켜 주면서 문예창작학과나 국문과 쪽으로 지원해 보면 어떻겠냐는 제안을 했다. (응? 전개가 왜 이렇게 급발진이지? 쓰고 나서 알았다.) 예술계에 대한 막연한 동경이 있었지만 경제적인 이유로 포기했기에 어떻게든 예술만 하면 되지 뭐, 글 쓰는 건 돈 드는 예술도 아니니까…… 하는 심정으로 문창과에 지원했다. 물론 인풋이 약하면 아웃풋이 약하다는 것을 알게 된 것도 훗날의 일이다.

그래서 그랬을까. 시를 처음 쓰기 시작할 때 마치 만화를 그리듯이 사진을 찍듯이 썼다. 처음으로 시다운 시를 썼던 것은 김중식 시인의 「식당에 딸린 방 한 칸」을 패러디해서 시를 써 오라는 과제였던 걸로 기억한다. 나는 「종점에 서 있는 한 사람」이라는 제목으로 패러디 시를 썼다. 당시 교수님이 시를 손으로 직접 써서 제출하라고 했었기 때문에 파일로는 남아 있지 않지만 (본가에 남겨 두고 온 파일철 어딘가에 묻혀 자고 있을 거다.) 그 안에 썼던 말은 내 머릿속에 오래 남아 있다.

아버지에 대한 시였다. 혼자 두 아이를 키우는 홀아버지로 살아가면서 언제나 외로움에 압사당할 것 같은 표정을 짓던, 사실은 나약하고 유약한 내 아버지. 아버지는 오랫동안 버스를 몰았고 나는 종종 아버지가 운전하는 버스를 탔다. 버스 가장 뒷좌석에 앉아 거대한 버스를 운전하는 아버지의 작은 뒷모습을 바라보면서 술 취한 그를 부축해 가난한 우리 집으로 돌아오면서 그때 보았던 풍경을 시로 썼다. 집까지 가는 골목에 아무렇게나 나뒹구는 담배꽁초들, 개똥들, 가난한 동네의 어두운 골목이라면 어디든 도사리고 있는 위협과 위험, 그 어두움은 사실은 웅크린 나이기도 하고 내 동생이기도 하고 아버지이기도 하다는 것. 그래서 멀리, 더 멀리 도망치고 싶지만 끝내는 이 종점으로 돌아오게 된다는 것. 그런 내용이었다. 길다면 긴 이 이야기를 하나의 사진처럼 보여 주는 것. 그게 시라고 생각했다. 어떤 사진은 한 장으로도 충분히 많은 이야기를 담고 있으니까. 한 장의 사진 앞에서 어떤 사람들은 펑펑 울기도 하니까.

그 시가 사람들 앞에서 발표되었던 스무 살 시절. 나는 청학동 댕기즈, 아니, 공자(선생님 저 이제 알아요. 공자님 말씀인 거…… 그때 많이 놀라셨죠?)의 말을 따라 살게 될 거라고는 생각하지 못했다. 시에 대해 알고 싶었고 시에 대해 조금 알게 되니 시가 너무 좋고 그 좋은 걸 평생 즐기며 살고 싶어졌다. 물론 '락지자'로 산다는 게 굉장히 어려운 일이라 가장 마지막 퀘스트라는 걸 알게 된 것도 먼 훗날의 일이지만.

그 이후로 쭉 시를 마음에 담아 왔다. 시로는 먹고살 수 없어도 시 같은 걸 요즘 누가 보냐는 말을 들어도 나는 시가 좋았다. 내 시가 시작되는 순간은 언제더라. 그래, 맞다. 외로움. 나는 내가 혼자라고 느낄 때 시를 쓴다. 이 세상의 그 누구도 혼자 태어나는 사람은 없다. 생물학적으로 반드시 두 사람이 필요하다. 그렇기 때문에 인간은 늘 외로운 걸까. 혼자서는 완전할 수 없다고 느끼는 걸까.

불완전한 나와 내가 키우는 외로움이 걷잡을 수 없어지는 순간이 있다. 주로 그럴 때 시가 써진다. 나와 타인이 함께 만들어내는 외로움, 나와 세계 사이에 도사리는 외로움, 나와 내가 어찌할 도리가 없는 외로움. 나는 혼자구나, 태어났을 때도 혼자였고 죽을 때도 혼자이고 죽어서도 혼자이겠구나, 하는 인식에까지 다다르면 시는 시작된다. 그렇게 시를 쓰고 있노라면, 시가 나에게서, 단 한 사람에게서 탄생하기 때문에 그 자체로 완전하다고 느껴진다. 전혀 외롭지 않은 존재로 보인다. 이럴 때 매번 안심이 된다. 하나로 오롯이 존재하는 시를 보면서 창작자이면서 동시에 독자가 되면서 불완전한 나를 조금은 눈감아줄 수 있게 된다. 종종 스스로가 애처롭게 느껴지기도 하고 내 머리를 쓰다듬거나 어깨를 꽉 잡아 주고 싶기도 하다. 외로워서 시작한 쓰기가 결국 나를 구하는 건가. 그러니까 시로는 돈 좀 못 벌면 어때. 이렇게 좋은데, 이렇게 후련한데, 싶은 마음이 된다. (물론 시로도 많은 돈을 벌 수 있으면 더 좋겠다. 로또 1등보다 더 간절한 평생의 열망. 왜 때문에 시 고료는 안 올라요?)

좀 거창한 이야기를 했나 싶지만 정리하자면 주로 혼자라고 느낄 때 시를 쓰고 시를 쓰고 나면 그 마음이 괜찮아진다는 거다. 외로움이 사라진다는 말이 아니다. 그냥, 외로워도 괜찮다. 인간은 원래 혼자이기도 하고, 반드시 혼자 가야만 도달할 수 있는 곳도 있는 거니까. 시작은 늘 외롭다고 느끼는 내 마음에서부터지만 글의 주제는 삶이 변화함에 따라 점점 더 풍부해진다. 유년 시절 경험했던 일에서부터 시작해서 요즘은 제주의 지질, 식생, 개와 산책하면서 본 것, 아이의 성장 과정을 지켜보는 관찰자로서 알게 되는 것들에 이르기까지 소재가 무궁해지고 있다. 나이를 먹는 것도 창작자의 시선에서 보면 설레는 일이다. 또 어떤 소재들이 내 삶 속으로 굴러올지 모르니까. (기왕이면 대박 날 거, 굴러들어와 주세요…….) 외로움에 사무치는 한 인간이 이런 낙관적인 생각을 할 수 있는 것도 결국 시 덕분이다. 이래저래 내가 시 덕을 많이 본다. 하늘과 땅의 보석 중에서도 하늘, 이상 세계의 보석을 손에 넣으려면 결국 시 앞에 서야 할 거다. 기꺼이 서야지, 기꺼운 마음으로.

섬에서 쓴 시

떠내려 온 하얀 나, 하얀 이름으로 채워져 바다를 따라 삼천 킬로를, 삼천 시간을 흘러온 하얀 나, 검은 모래 해변에 당도하여 목이 터져라 울어 버린 하얀 나, 너무 많은 하양, 빛을 안지 못하는 나, 튕겨 내는 하얀 나, 근육이 없는 하얀 나, 부서지는 하얀 나, 너무 많은 나, 너무 많은 나, 너무 많은 하양, 하얗고 무수한 나

검정은 흐르고 있다 모든 빛을 껴안으며 검정은 움직이고 있다 모든 고통을 마시며 검정은 춤추고 있다 모든 거짓을 씹으며 검정은 꿈꾸고 있다 모든 시간을 연주하며 검정은 노래하고 있다 모든 배신을 보듬으며 검정은 그 자리에 검정으로 검정은 그 자리에 모든 검정으로 검정은 영원히 그 자리에서 모든 깃발 꽂는 자들을 용서하며

검은 모래 위로 파도가
하얀 내 위로 파도가

전설 위로 파도가

어제 태어난 분노 위로 파도가

검은 모래가 하얀 나를 부른다 아이야, 여기는 검은 땅이야, 깊은 사랑이야, 돌아오지 않는 마음이야 하얀 나는 답한다 아이야, 나는 더러운 마음이야 얕고 넓은 함정이야, 끝나지 않는 고통이야 검은 모래는 하얀 나를 안으며 속삭인다 아이야, 여기는 검은 꿈이야, 숨이야, 비야, 바람이야 하얀 나는 뿌리치며 소리친다 아이야, 여기는 슬픈 땅이야, 오만이야, 배척이야, 울부짖음이야 검은 모래는 평온한 얼굴로 하얀 나를 다시 껴안고, 작은 게들이 우리의 몸 위로 지나간다 아무 일도 없었다는 듯

— 제주에서 쓴 시, 「검은 모래전」

첫 시집에 적혀 있는 내 프로필은 간단하다. 1987년 서울에서 태어나 2013년 등단. 서울에서 태어났다는 건 뭘까. 서울 사람이라는 건 뭘까. 첫 시집에는 내가 서울에서 나고 자랐기 때문에 필연적으로 도시의 모습이 많이 등장한다. 도시의 건물, 도시의 식생, 도시의 정서, 도시의 사람들. 그 모든 것이 지난 30년간 나를 이뤄 온 바탕이다.

지금의 나는 도시에서의 나라는 한 페이지를 덮은 뒤의 나. 제주에서, 그중에서도 가장 인구수가 적은 지역에 살고 있는 나. 내 시가 변한 건 어쩌면 당연한 일이다. 제주에서 쓰는 시에는 필연적으로 기후, 식물, 동물과 같은 자연이 등장하게 되었다. 개념이 아니라 실제의 자연으로. 내가 보고 느낀 자연이.

처음 시를 쓰기 시작했을 20대 때만 해도 자연에 대한 시를 쓰

는 것이 어렵게 느껴졌다. 그건 내 영역이 아니라는 생각이 들었다. 나에 대한 이야기만 써도 쓸 게 무궁무진했다. 나의 유년, 나의 연애, 나의 상처와 고통……

자연에 대한 이야기를 하는 건 마치 앨범 가득 꽃 사진을 찍어 둔 엄마의 휴대폰을 엿보는 것 같았다. 그도 그럴 것이 젊음 자체가 하나의 완벽한 자연이었으니까. 굳이 아름다운 순간을 기록하지 않아도 매순간 나는 빛이 나고 있었으니까.

엄마가 꽃을 잔뜩 찍어 둔 건 꽃이 가진 순간의 아름다움을 사진으로라도 남기고 싶은 마음, 엄마의 인생에서 어떤 한순간 빛났던 젊음을 오래 간직하고 싶은 마음이지 않을까. 그렇게 자연에 대한 서술이 '올드하다'고 느끼던 내가 제주에서, 특히 시골에서 살면서 정말 많이 변했다.

자연은 낡고 구태의연한 것이 아니다. 자연은 역동적이고 강렬하다. 거대하고 유연하다. 인간에게 엄청난 영향력을 발휘하는 늘 새롭고 힙한 존재다. 자연은 감상하는 게 아니라 감각하는 것. 여행객의 시선에서 본다면 제주의 기후나 자연을 감상할 수 있을 것이다. 나도 그런 감정으로 제주에 이주했고.

그러나 이곳에서 산다는 건 제주의 기후, 식생, 자연과 때로는 맞서 싸우기도 하고 때로는 타협도 하면서 함께 더불어 살아가야 한다는 의미에 더 가깝다. 그래서인지 아주 자연스럽게 내 시에도 제주의 풍경과 거기에 동반되는 감각이 많이 표현되고 있다.

얼마 전부터 고산리의 비경인 검은모래해변에서 바다 쓰레기를 수거하는 활동을 하고 있다. 검은모래해변은 말 그대로 흔히 볼 수 있는 백사장이 아니라 현무암이 부서져 모래알을 이룬 해변이기 때문에 해변의 색이 까맣다. 그래서 색색의 쓰레기들이 더욱 눈에 잘 띄기도 한다.

그 해변에 서면 기분이 묘하다. 긍정적인 것은 밝은 색, 하얀

색으로 대표되고 부정적이고 어두운 것을 주로 검정색에 대입해서 생각해 왔던 관습적인 생각, 어떤 관점에서 보면 폭력적이기까지 한 생각이 완벽히 전복되는 공간이기 때문이다.

검은 모래 해변은 인간의 이기가 가득한 각양각색의 쓰레기들을 말없이 품어 주고 있다. 스티로폼 쓰레기는 특히 골치가 아프다. 검은 모래를 손으로 퍼 올릴 때 모래알과 함께 스티로폼 알갱이가 딸려 온다. 버려진 뒤에 오랜 시간 동안 방치되어서 모래알만큼 입자가 작아졌기 때문에 수거가 어렵다. 거의 불가능한 것 같다. 스티로폼 쓰레기를 전부 골라내려면 그냥 검은 모래를 다 버리는 게 낫겠다고 느껴질 정도다.

내가 이런다고 조금이라도 나아질까? 정작 나 역시 일회용품을 자주 사용하면서 이런 활동을 하는 건 위선이 아닌가? 고민에 고민을 거듭하는 인간과 달리 검은 모래는 인간이 뿜어냈던 선명한 이기와 무지를 덤덤히 안아 줄 뿐이다.

검은 모래의 깊고 넓은 마음을 과연 내가, 우리가, 한 순간이라도 이해할 수 있을까. 잘 모르겠다. 분명한 건 내가 이 같은 자연의 모습을 감각하고 살게 되었다는 것이다. 안 본 사람은 있어도 한 번만 본 사람은 없다는 말처럼 알게 되면 알지 못하던 때로 돌아갈 수 없다.

권민경

시인.

시집 『베개는 얼마나 많은 꿈을 견뎌냈나요』 『꿈을 꾸지 않기로 했고 그렇게
되었다』, 산문집 『등고선 없는 지도를 쥐고』를 썼다.

내 시에 든 것

여기 빨간 망토 이야기가 있다. 의심 없이 집을 나선 빨간 망토의 아가씨는 화창한 날씨 아래, 아름다운 오솔길 위에서 심부름이라는 목표를 향해 나아간다. 그러던 중 두 갈래 길을 만난다. 모두 할머니 댁으로 가는 길이지만 한쪽 길은 지름길, 한쪽 길은 둘러가는 길이다. 오랜만에 비타민 D를 합성한 빨간 망토는 조금 더 산책하고 싶어진다. 그래서 둘러 가는 길로 접어든다. 그 길 위에서 한 행인을 만나는데, 행인은 악의 없이 빨간 망토에게 잘못된 방향을 알려 준다. 빨간 망토는 친절한 오류에 따라 이제 오솔길이 아닌 신작로를 따라 걸어간다.

그런데 늑대는? 물론 늑대는 빨간 망토를 호시탐탐 노리고 있다가 빨간 망토가 자꾸 경로를 이탈하자 자신도 길을 잃고 만다. 늑대가 무심코 건드려 놓은 표지판은 잘못된 방향을 향해 있고 뻔한 장치에 따라 빨간 망토 역시 잘못된 길을 간다. 가도 가도 목적지는 나오지 않고 해는 저물어 가고 신작로에서 어느새 산 중턱 묘지 옆길로 접어든 지도 오래다. 빨간 망토는 이미 길을 한참 잘못들었다는 것을 알았지만 스마트폰 GPS까지 먹통이다.

그런데 묘지 옆으로 난 오래된 길이 빨간 망토의 마음에 든다. 그녀는 이왕 이렇게 된 거 갈 데까지 가 보자고 마음먹는다. 그 길의 끝에 무엇이 있는지 알 수는 없지만 예감이 나쁘지 않았으므로 오늘 하루 동안의 우연과 필연에서 비롯된 접어듦을 받아들이기로 한다.

✳

나는 늘 한 가지 사실을 잊어버렸다가 불현듯 깨닫곤 한다. 내가 시를 쓸 줄 모른다는 것이다. 자만하지 않기 위해서 의식적으로 그렇게 생각하기도 하지만, 사실은 정말 쓸 줄 모르는 것이 맞다. 시는 살아 있는 생물처럼 변한다. 스스로 털을 다듬기도 하고 배탈이 나기도 하고 자라거나 늙거나 회춘하기도 한다. 내가 잘 안다고 생각하는 부분은 시의 죽은 터럭 정도라서 금세 새로운 털이 자라는 걸 보고는 곧잘 당황한다. 설사 시의 털이 모두 다 빠져 버려도 또 다른 부분이 날 당황하게 할 것이다.

시를 모른다고 지레 고백한 것은 나 혹은 시에 관한 이야기를 조금 편한 마음으로 해 보고자 함이다.

✳

어릴 때는 마음이 아팠고 커서는 몸이 아팠다. 여러 번 앓고 나으면서 짬짬이 놀 수 있는 여유가 생겼다. 세상에 다시없을 정도로 진지하고 심각한 태도는 어렸을 때 충분히 취했으니 이젠 좀 까불고 싶다. 게다가 아직도 어리다니 이렇게 좋을 데가. 나는 서른이 넘어서 기쁘다.

✳

등단 이후 줄곧 시를 쓰게 된 동기에 대해 질문을 받는다. 그럴 때마다 나는 어리둥절해진다. 몇 번은 이런저런 그럴듯한 이유를 말했는데 그러고 나서도 뭔가 찝찝했다.

어쨌든 시를 쓸 수밖에 없었다는 결론은 최근에서야 내린 것이다. 시에게 선택됐다기보다는 보이지 않는 압력에 의해서 여기까지 온 기분이다. 바람의 세기, 방향, 계절과 바닷물의 온도, 달의 크기, 그런 일련의 조건들이 표류 중이던 나를 한 방향으로 향하게 했다. 그저 그에 따라 헤엄쳤을 뿐인데 마침내 어느 섬에 도착했다. 육지에 닿았다는 사실에 안심할 새도 없이 이 세상에는 어떤 음모가 존재한다고 느꼈다.

어쩌면 그 음모는 내가 아주 어렸을 적부터 시작된 걸지도 모른다. 돌고 돌아도 나는 어떻게든 결국 이 자리에 있었을 것만 같다. 빨간 모자가 가는 길, 모든 우연과 필연이 가리키는 방향에는 시가 있었다.

*

나는 주로 겪었던 일을 바탕으로 시를 쓴다. 사실을 그대로 옮겨 놓는다는 게 아니다. 내가 겪은 사건의 개요가 중요한 것이 아니라 그때 느꼈던 감정이나 어떤 낌새가 중요한 것이므로 필요 없다고 생각되는 부분들은 제거한다.

가장 쉬운 말로 내가 느낀 감응을 전달하는 것이 나의 의도이다. 그 감응의 순간은 영원히 멈춰진 하나의 장면으로, 그다지 세련되지 못한 내 언어 속을 비집고 들어온다. 나는 별다른 가공 없이 내 속에 담긴 이미지를 일단 쏟아낸 뒤, 퇴고할 때 더 쉽고 절약된 언어를 쓰기 위해 고민하는 편이다.

이렇듯 나의 시작은 쏟아내는 일이다. 그렇게 하기 위해서는 반드시 시가 고여야 한다. 시가 고이기까지 마냥 기다리기만 하는 것은 아니다. 책을 읽고 글을 쓰고 이런저런 공부를 한다. 그리고 그보다 더 중요한 비중으로 논다.

노는 방법은 사람마다 다르다. 술을 마시며 한데 어울려 떠드는 일은 나로서는 노는 일이 아니다. 그런 일은 종종 나를 곤욕스럽게 한다.

배드민턴을 치고, 산책하고, 밤늦게 마트에 가고, 영화를 보고, 만화를 보고, 음악을 듣고, 예능 프로그램을 보고, 게임을 하고, 그림을 보고, 야구를 보고, 동물 병원을 가고, 패스트푸드점에 가고. 그런 시시콜콜한 일상들이 나에게 노는 행위이다. 이렇게 공부하며 놀다 보면 시가 고인다. 둘 중 하나라도 소홀히 하면 시는 아주 느린 속도로 고이는데 그럴 때는 꽤 애를 먹는다. 나는 실컷 놀고 실컷 공부해야만 하는 체질이라 그 둘의 비율을 조절하기 쉽지 않다.

시가 우연히 써지는 거라고 생각지 않는다. 저마다 시를 받는 몸을 만드는 방법이 있을 것이다. 시는 꽤 까다로운 편이라 준비되어 있지 않으면 오질 않는다. 습작기란 시가 찾아오기 좋은 상태의 몸을 만드는 시기라고 생각한다.

어디서 본 것들과 들은 것들, 그리고 내 목소리와 남의 목소리가 뒤섞인 낯선 음성이 내 시이다. 그 낯선 음성들이 모여서 하나의 군락을 이루고 있긴 하지만 목소리의 높낮이는 자꾸 변한다. 그 목소리 중 가장 아름다운 것을 찾고 싶다. 나의 음성은 세상에 존재하는 것들의 혼합체이지만 그것들이 모여서 세상의 것이 아닌 듯한 무언가가 써질 때가 있다. 그럴 때의 시는 결국 내 것도 남의 것도 아닌, 알 수 없는 무엇이다.

＊

다시 말하지만 나는 시를 쓸 수밖에 없었다. 그 사실이 억울하면서도 기쁘다. 못생긴 전생의 짝을 다시 만난 것처럼 지긋지긋하고 정겹다. 현생에서도 인연이 닿았는데 시도 나보고 못생겼다고 하니 피장파장이다. 티격태격하면서 오래 같이 할 수 있길.

　　내 식성과 잠버릇, 산책의 강도와 여드름의 크기. 그런 모든 조건들이 계속 한 방향으로 향하길 바란다. 더불어 내 몸이 시를 쓸 수 있는 산성도를 오래 유지하길 빈다.

빨간 물음표

간절히 원하던 것들은 이루어지지 않았다. 반면 별 기대도 않던 행운들이 찾아왔다. 뜻대로 되지 않는 것이 삶이라는 걸 절감하며 자랐다. 지금도 자라고 있다. 언제까지 자랄 수 있을까.

최근 갑자기 사람을 만날 일이 늘었다. 간혹 예기치 못한 질문에 허를 찔렸다. 주로 아주 근본적인 것들이었다.

"어떤 시인으로 기억되고 싶은가요?"

그런 질문에는 미래에 대한 기약이 내포되어 있다. 현재와 근미래를 바탕으로 이루어질 먼 미래. 먼 미래의 나. 그때도 시인이라면 어떤 사람으로 기억되고 싶은가, 혹은 죽어서 어떤 사람으로 남고 싶은가.

누군가에게는 단순할 질문이지만, 그런 물음 앞에선, 평소 이빨을 잘 깐다고 말하고 다니는 나도 말문이 막히는 것이다.

나는 먼 미래를 그리는 일에 약하다. 예민하게 삶을 받아들이려 하지만, 그런 매일을 모아 무얼 이루겠다는 욕망이나 바람이 없다. 없는 것은 없는 것. 언제까지 없을 수 있을까.

언제까지 없었으면 좋겠다. 지금 이 글을 쓰고 있는 나는 내가 추모하기 위해 시를 쓰고, 나의 내외부적인 상처에 대해 말하며,

나를 비롯한 누군가의 상처를 착한 짐승처럼 핥을 수 있을 거라 생각한다. 믿는다. 그러나 1년 후의 나도 그럴지 모르겠다. 5년 후에도 같을지 모르겠다. 아마 시에 대한 다른 믿음이 생겨날 수도 있겠다. 혹은 그대로일 수도 있다. 어떤 것을 확신할 수 있을까.

내가 이렇게 '티미'하다. 그래서 늘 생각한다. 이렇게나 확실하지 않은 것들, 내 존재나 삶 자체가 애매모호이지만, 그런 것에 대해서 명확한 감정을 전달하는 것이 예술가가 아닐까. 시인도 예술가이니, 그런 것에 대해서 늘 생각해야 한다고 여긴다.

나는 예술가의 '뽕'이나 자아도취를 경멸하는 편인데, 그럼에도 늘 시 쓰기가 예술임을 잊지 않으려 한다. 미학적인 것과 기술적인 것이 만든 어떤 선명한 것이라고. 뜬구름 잡기가 아닌 감정과 기(氣)의 전달이라고. 명확한 전달이라고.

명확하지 않은 것을 명확하기도 하고 명확하지 않기도 한 '언어'라는 도구로 전달하는 예술이 시이다. 긴장하지 않으면 내 시는 나처럼 영 '티미'해지기 마련이다.

그러기 위해 어떨 때는 이성적인 기획자가 되기도 하고 어떨 때는 미친 여자가 되기도 한다. 필요에 따라 움직인다. 물론 항상 성공하는 것은 아니다. 퍼즐 조각처럼 딱 맞는 짝이 분명 있을 것이다. 그러나 나는 아직 퍼즐을 잘 맞추지는 못한다. 나는 늘 실패하는 와중이며, 실패 직후에는 그것에 대해 몹시 좌절하지만 곧 잊고 다른 작업에 몰두한다. 늘 흔들리는 상태인 나 같은 인간에게, 작업에 대한 중심이 금방 잡힌다는 것은 얼마나 다행인지 모르겠다.

어쨌든 실패하고 흔들리다가 결국 나에게 져 준 과거의 나에겐 늘 미안하고 애틋하다. 하고 싶은 것들을 하길 바라. 하지만 미래의 나여. 실패 없는 삶을 상상할 수 있어? 나는 그렇게 좌절과 좌절로 이루어졌어.

그리고 뜻밖의 성공 몇 개.

성공이든 실패든, 그건 내 기준이다. 밖을 의식하는 건 최소화할 것.(그렇다고 무시하면 안 된다.)

예술에 얼마나 많은 '밀당'들이 존재하는가? 독자를 무시하면 안 되고 의식해도 안 되고 너무 이성적이어도 안 되고 너무 감상적이어도 안 되고 어쩌고저쩌고⋯⋯. 이런저런 흔들림과 균형 잡기의 집합체가 예술 작품이다. 그러나 예상하지 못한 작품이 사랑받고 예상하지 못한 시기에 유명해지는 사람도 있다. 이런 것은 인생이 마음대로 되지 않는다는 것을 말해 주는 좋은 예시이다.

비유와 은유로 이루어진 삶.

그러니까 몸소 고통을 체험하게 하진 마세요. 비유와 은유로 보여 주면 얼마나 좋아.

과거의 나는 여러 가지 고통을 받았고 앞으로도 내 앞에 어떤 일이 기다리고 있을지 모르겠다. 그런 경험에 대해 말하는 건 좋아하지 않으나 시로 꺼내 놓는 건 어렵지 않다.

말과 글은 모두 언어를 매개로 하나 너무 다른 느낌이다. 나는 종종 그 둘을 섞어 사용하곤 했는데 최근 점점 더 적극적으로 둘을 한데 놓아 보려고 한다. 글에서 다 하지 못한 것을 구어를 이용해 보충하려 한다. 그러다 보니 외국어나 비속어, 신조어들이 내 시에 자주 등장한다. 맞춤법을 준수한 글을 써 놓고 부러 그것을 부수는 일이 잦다. 쉽게 쓴 것처럼 보이지만 늘 고민이다. 이런 고민은 내 등단 시에도 나타난다.

신춘문예 당선 이후, 담당 기자에게 건네받은 내 원고의 아랫부분, 정확히 말하면 "너의 처음이 몇 번째인지 까먹었다"[4]라는

---

4 권민경,『베개는 얼마나 많은 꿈을 견뎌냈나요』(문학동네, 2018).

96

구절 아래에 빨간 물음표가 쳐져 있었다.

아마 심사위원이 표시한 거라고 생각한다. 이 부분을 빼라는 뜻이었을지 모른다. 나는 끝내 빼지 않았다.

지금은 이름을 말할 수 없는 내 스승 중 하나는 첫 합평 시간에 나에게 이건 진짜가 아니니 '네 목소리'를 내라고 말했다. 그게 무슨 뜻인지 몰라, 정말 내가 사용하는 구어를 시에 넣었다. '잊어버렸어.'라고 말하는 대신 '까먹었다.'라고 하는 게 나다. 잊어버린다는 말로는 표현할 수 없는 까먹음이 있다.

조금 잘난 척하는 듯한 역사적, 과학적 지식과 외국어도 내 시에 내포되어 있다. 그리고 마지막으로 '맴찟'의 정서까지 짬뽕된다.

나는 "짬뽕이 끓는 검은 냄비"[5]와 같다. 그 안에서 뭔가를 발굴 중이다. 그런데 자꾸 예상치도 못한 게 나오니, 발굴 작업은 아직까지는 흥미롭다.

과거의 나는 '네 목소리'라는 말이 비유인지도 몰랐던 어리석은 사람이었다. 지금의 나도 크게 다르지는 않다. 다만 무식함의 방식은 달라졌다. 그동안 어떤 분기가 존재했는지 일일이 기억하지는 못하지만.

?

나는 과거의 나를 억지로 떼어 놓고 버스에 실려 간다. 늘 흔들흔들, 흔들리면서 간다.

다른 무엇이 있을 것이다. 그것이 뭔지 모르지만. 아무것도 명확하지 않은 것이 삶이며 그게 시가 아닐까. 하지만 다가올 그 무

---

5 권민경,『꿈을 꾸지 않기로 했고 그렇게 되었다』(민음사, 2022).

엇이 꽤 괜찮은 것일 거라는 일말의 희망을 갖고 지낼 것이다. 실
패를 연속하며.

　　잘리기 전과 후, 다시는 같아질 수 없어.
　　매초 다른 사람으로 분리되고 있잖아. 괜찮아?
　　괜찮아.
　　　　　　　　　　　　　　　　　　　　　　—「플라나리아 순간」에서[6]

　　나는 기꺼이 명확하지 않음을 받아들인다. 멍청하고 무구하
게, 없는 것들을 섬기며. 신념이든, 신체든, 더 잘라 내더라도 오히
려 전보다 길어지며.
　　언제까지나 자라고 싶다.

6　권민경, 『베개는 얼마나 많은 꿈을 견뎌냈나요』.

WATER PROOF BOOK

나의 문학

1판 1쇄 찍음	2023년 6월 30일
1판 1쇄 펴냄	2023년 7월 14일
지은이	문보영 강지혜 김연덕 정용준 소유정 유계영 권민경 김남숙
발행인	박근섭, 박상준
펴낸곳	(주)민음사
디자인	오이뮤(OIMU)
출판등록	1966. 5. 19. 제16-490호
	서울특별시 강남구 도산대로1길 62(신사동)
	강남출판문화센터 5층 06027
대표전화	02-515-2000
팩시밀리	02-515-2007

www.minumsa.com

978-89-374-1739-9 (03810)

✻ 잘못 만들어진 책은 구입처에서 교환해 드립니다.

9 788937 417399   03810

ISBN 978 89 374 1739 9 03810

ISBN 978 89 374 1935 5 (세트)

값15,000원